葉過林隙

楊牧和他們的東海

周芬伶 主編

目錄

第一幕：月光下的琉璃夢境（初遇／追尋）

東海學長葉珊　鍾　玲　008

葉過林隙　周芬伶　016

第二幕：迴廊裡的燈光與營火（悠遊／夢想）

靜靜地散步　宇文正　070

推窗，見樹復見林——兼讀楊牧〈盈盈草木疏〉　楊　明　078

在東海讀葉珊，或者楊牧　徐國能　090

第三幕：三月雨後的苦楝飄零（茫然／徬徨）

青春大度山　甘耀明　108
到東海的路　陳智德　120
有人串起的那段距離　陳慶元　134

第四幕：相思林外的星空（啟航／遠行）

陳舊了的 sentimental　言叔夏　150
台地　楊富閔　160

第五幕：木蘭花開（歸返／掛念）

山風後書　莫　澄　176
遲來的蜂群　張馨潔　190
風停時刻　蔣亞妮　198

第六幕：東風依舊（永恆／記憶）

白宮一九七三　高博倫　210
不抵抗樹影　許閔淳　224
山的背面　黃家祥　236

第一幕

月光下的琉璃夢境

（初遇／追尋）

東海學長葉珊

鍾玲

一九六二年我進東海大學外文系就讀，王靖獻是同系四年級學長。他是第一位我結識的文壇名人，他還讀大二時就已經以筆名葉珊出版詩集《水之湄》（一九六〇）。學長才華早顯，讀花蓮高中時，才十六歲就在台灣最重要的三大詩刊《現代詩》、《藍星詩刊》、《創世紀》發表作品，高三當上《創世紀》的編輯委員。一進東海我這個由南部高雄來的小文青，迷上戲劇演出，喜歡讀現代文學作品，學長葉珊成為我的偶像。

學生活動中心是大家天天去的地方，因為要上郵局看看自己信箱裡有沒有信。幾次看見葉珊一個人在郵局前馬路旁倚電線杆悠閒地站著，身材修長，穿著襯衫、西裝褲，橢圓的臉俊逸，眼鏡後的雙眼望著不定的遠方，一派詩人的樣子。接下來我在校園常見他和一位長得像仙子一樣的女生出雙入對，是他同班的陳少聰學姐，臉尖尖小小，苗條婀娜，穿著長長飄然的裙子。葉珊這首寫於一九六一年五月的詩是為她寫的嗎？

風起的時候，我將記取
風起的時候，我凝視你草帽下美麗的驚懼
你肩上停著夕照
風沙咬我南方人的雙唇（〈風起的時候〉，《花季》，一九六三）

一年級下學期佈告欄上看到東海的文學刊物《東風》徵稿啟事，我就寫了一篇散文拿去學生活動中心東風社的小辦公室，剛好葉珊在，我知道他是主編，叫他一聲「學長」，把稿交給他。他只微笑一下說「鍾玲」，原來他認得出我。於是我的散文登出在他畢業前編的《東風》第二卷第十期上。現在讀來我那篇文章徹頭徹尾是小女孩的無病呻吟，還起了自以為風雅的筆名，秋水仙，好慚愧。是葉珊主編包涵，鼓勵後進。

一眨眼六年過去，一九六九年我在威士康辛大學麥迪生校區比較文學系讀博士。美國「現代語言協會」Modern Language Association 的大型學術年會每年在耶誕節前召開，這年在柯羅拉多州的丹佛城舉行。博士生可以申請旅費去聆聽論文，我也順便去瞭解未來的就業市場。我讀台大外文研究所時的老師余光中，這年正好在丹佛的寺鐘學院 Temple Buell College 任客座教授。我就寫信給老師說會來開會，想拜會他。余老師說他會到機場接我。當我傍晚飛抵丹佛機場時，居然是他和葉珊兩人在等我，是啊，我是正式選余老師課的學生，葉珊可是他《藍星》詩社的老友，交情深遠。最近余太太范我存告訴我，余老師在東海兼課時，葉珊也做過他學生。

原來在加大柏克萊校區寫博士論文的葉珊，也是來開會的，那天早上余老師才到機場接了他，余老師在散文〈丹佛城——新西域的陽關〉這麼寫：「葉珊從西海岸越過萬仞石峰飛來這孤城。可以說，他是騎在雪背上來的，因為從丹佛機場接他出來不到兩分鐘，那麼輕巧的白雨就那樣優優雅雅舒舒緩緩地下下來了……當晚鍾玲從威斯康辛飛來，我們又去接她，在我的樓上談到半夜，才冒著大雪送她回旅店。」（《焚鶴人》，一九七二）那晚的聊天瓦解我對余老師的畏怯，化我對葉珊的生分為熟絡。

我寫於一九八八年的散文〈奇異的光中〉如此描寫這次丹佛城夜談，葉珊在一九七二年改名楊牧，所以用他的新筆名：「光中先生和楊牧師兄兩人一面灌啤酒，一面滔滔不絕聊了五個鐘頭。雖然我只坐在一邊沒說幾句話，但也沒閑著，始而微笑繼而大笑終至笑出眼淚——我笑了一夜……光中先生……表情生動，不時搖動食指。聳動雙眉。孩兒臉的師兄則半瞇起眼，陶然自樂的樣子，不時冒出一兩句按語，令人噴飯……大抵談文藝界朋友的趣事，但沒有一句是非，亦不及人隱私。其實是兩位詩人童心大發，扮演成人世界的滑稽插曲。」（《愛玉的人》，一九九一）兩人都是幽默大師，但要有對手才連連出口如珠妙語，加上旁邊坐了個小徒弟、小師妹做觀眾，怎能不盡情演出！光中先生在一封一九八七年十二月十九日寫給我的信中回憶說：「所說者乃『詩壇十計』，似乎並未湊齊十項：只說什麼紀弦是佯狂計，洛夫是苦肉計，陳敏華是美人計，其他也不記得了。」

一九七二年起楊牧在西岸華盛頓大學教書達二十五年。聽說楊牧和少聰於一九七六年離婚，她也才高八斗，是散文家，也許是兩人個性都強的緣故。一九七七年我辭去紐約州立大學教職，結婚移居香港。一九七九年楊牧跟夏盈盈在台灣結婚，夏畢業於文化大學戲劇科，學的是京劇刀馬旦。大約在一九八一年胡金銓和我跟楊牧夫婦約在台北來來大飯店咖啡廳見面。比起十二年前丹佛城之聚，楊牧發福了點，說話微微瞇著眼，神色悠然，風采如舊。他們一家三口赴約，妍麗而帥氣的夏盈盈抱著一歲多的兒子。個性跟楊牧是絕配：他內斂而深思，她爽朗而務實。學長尋找到他的幸福。

之後楊牧偶爾來香港才有機會見面。一九八二年秋我進香港大學中文系任教，冬天中文系宴請來港的楊牧、卞之琳，四地作家相聚甚歡，說四地，因為楊牧代表台灣和美國，卞之琳為大陸的前輩詩人，黃國彬和張曼儀是香港作家。一九八七年九月楊牧和夏盈盈來港，楊牧公務在身，叫我這學妹帶盈盈去港島辦他們的大陸簽證。年底十二月二十九日他寫來一封信說：「你的小說慢慢寫，寫好了，就由洪範來出。那在聯副的一篇讀了，覺得很有震撼力。」他講的是我一九八七年七月底登載在《聯合報》副刊的〈過山〉，寫一九八〇年代一位香港才女，因為一隻漢朝玉鐲，回到南越宮廷的恩怨情仇故事，我注入的感情濃烈，用今天的話，屬於穿越故事。

原來楊牧一直在注意各報刊新發表的創作，他另外一個身分是出版家，洪範書店四位老闆之一，且是主導，早期折頁上的介紹都出自楊牧手筆。一九七〇年代到世紀末，洪範發掘和推廣了不少重要作家，如蘇偉貞、袁瓊瓊、李永平、張系國、西西、李黎等。因為楊牧的鼓勵，我用心寫下去，共寫了七篇，交給洪範書店，一九九二年出短篇小說集《生死冤家》。

一九九四年起我投入高雄中山大學、香港浸會大學的學術行政，任文學院院長、協理副校長等職務。懷抱替同事謀福利、為學校創新未來的心願，全神做行政，根本沒有精力寫小說，創作擱下二十年，辜負了楊牧的期望。二〇一九年報紙上看見楊牧參加文學活動的照片，真嚇了一跳，豐潤的他怎麼變得那麼枯瘦！才七十八歲啊。聽說他的呼吸系統、心臟、腦部出了狀況。二〇二〇年三月十三日病逝。我這位學長看似斯文內向，學術著作深奧，詩歌散文精微，不止於此，他主導洪範書店推廣許多作家，受惠者包括我，並且在東華大學創建台灣的文學寫作重鎮——創作研究所。他的作品和建制將會有廣闊長久的影響。

1982 年冬於香港，右起：黃國彬、楊牧、卞之琳、張曼儀、鍾玲

鍾玲

威斯康辛大學麥迪生校園比較文學博士。曾任職紐約州立大學艾伯尼校園、香港大學、國立中山大學、香港浸會大學、澳門大學，任協理副校長、院長及教授等職。著有小說集《餘響入霜鐘：禪宗祖師傳奇》（九歌）、《深山一口井》（九歌）、《大輪迴》（九歌）、《鍾玲極短篇》（爾雅；香港，匯智）、《天眼紅塵》（北京，人民文學）；詩集《芬芳的海》（大地）、《霧在登山》（香港，匯智）；散文集《日月同行》（九歌）、《大地春雨》（香港，天地）、《赤足在草地上》（志文）等。學術專書五本。

葉過林隙

周芬伶

相對冥漠

他已走到樹林那邊去了，去尋找野菰或僅是為走走，或者，在更早以前，他已走到樹林那一邊，林外有山有風有海有雨，他無法停止腳步，走過之處都會留下一串低語。

只有低語，他的詩像低語，散文的聲腔更低，有時不得不加上詩句，但聲量都不高亢，怕吵醒這世界。他太不愛說話，以至於很難找到真正的話語，這幾個月來，到處尋訪他的蹤跡，妻子、妹妹、同學、學長，獲得的資料很稀薄，然後就是大疫，大家各自隔離。我知道所有的追索都將徒勞，然而我在找尋什麼呢？

有關文學也有關這片山林的身世。文學的身世是集體的，不該只集中在一個人身上。如果說這個人，他介於傳統與古典、西方與中國之間，這樣的人不多，如胡適、張愛玲、白先勇……張把自己定位於「紅樓與現代之間」，不是紅樓不是現代，而是「之間」，那麼現代完成了嗎？未完，為什麼未完，因我們還在現代之中，後現代也在現代之中。這未完的現代有人想完成，他是站在古典上完成，但詩很難完成，因它是西化的新生兒，他也明白，故而心甘情願翻譯葉慈，前有濟慈後有葉慈，他用詩雕塑自己的靈魂，讓詩更純粹。他完成了純粹。因為沒有詩，就無法描述這個人，當詩人與詩分不開，他的人已無法個別描述。

他的散文，更能看到他的人，我最愛的《星圖》，就是自己與自己的低語，星座不重要，主要是裡面有人，一個異己者，另一個自我交織成的密語，多麼神祕而靜美：

A說：秋天以後輪到我擔心自己寂寞。S說：我陪你。A說：精神的伴侶，你是我莫大的慰藉。S說：精神的和身體的一切一切都和你在一起，屬於你好不好？S又說：你看我如此真摯地對著你的眼神傾訴所有，毫無隱瞞，絕不反悔，你看我如此開懷投入，擁抱，咬齧，吞噬。

這是另一個自我S（原來我竟保有另一個這麼奇特的集俗氣與高雅於一身的自我），與另一個異己者A，或者說陰性自我，兩者的對話構成。整個是由星宿構成的大我，而現實的我充滿離散：「我本來是靜止的，亙古星河裡最內向的冥漠相對的個體，疏離的心神。」

他可能是我見過最內向的詩人，第一次在東海見他，他四十出頭，我未滿三十，那是文建會在東海辦的創作班，營主任是趙滋蕃老師，副主任是時任美術系創系主任蔣勳，我擔任課務組長，主要工作是排課表與接待，一時大詩人群聚東海，朗誦奇美的瘂弦、熱情奔放的羅門、溫婉宜人的蓉子、年壯氣盛的羅青……詩人們都在詩的盛年盛世，話語滔滔不絕，只有他靜默無言。約在丹堤前身的咖啡館靠窗的位置，他看著窗外的師母與孩子出神，氣氛過於安靜，我遂提起曾在華大修課且去過他家的妹妹，她正在東海外文系教書，想請他與師母吃日本料理，他的眼睛這才發亮，問妹妹近況，因課程三個月，他要來好幾次，遂約定某次課後姐妹和他們一家在西北飯店吃日本料理。妹妹有心往上念博士，但她也非常內向，自尊心奇高，如果老師不提，她就不敢提。那天飯席間，他似乎心情很高亢，啤酒一瓶瓶開，手一拍再拍叫菜，這家老店的菜合他胃口，但他依然話少，等到席末他還是沒開口，妹妹臉色發白，急得快哭了，她只等他問一句：「有想再繼續念嗎？」但我們都不敢提，一直無言到散席。

妹妹為什麼不提呢？她有自己難以克服的害羞。

過於內向的人遇上同是過於內向的人，最終都是如此吧！他並非無情無感，只是心神疏離。妹妹最終轉行，自此與文學漸行漸遠，她亦有自己的宇宙，大隱於市，逍遙自得。

那之後還陸續見了幾次，較近的一次是中文系舉辦的「近現代國際研討會——六〇、七〇年代文學」：最近的一次是「楊牧研討會」，我與唐捐在央圖對談，寬闊舞台只有兩張沙發，台下接近滿座，他與師母都在台下聽，那忐忑，我們的聲音都在發抖。下台後在休息室，他看到我主動提起妹妹，「芬青呢？她現在做什麼？」師母在旁依然美好，我一一回答，那是我們談得最久的一次，距離第一次相隔已三十幾年，似乎他跨越三十幾年接著上次的話題，突然從回憶甦醒。

這就是他靜止、內向冥漠的底色，只有在書寫中像靈蛛吐絲般，緩緩低語，釋放更放恣熱情的一面。

妹妹與我也有這面，她有著一雙接近透明淡茶色眼睛，心性高潔，卻能包容我的狂亂，無需言語也深知對方心思，

文建會創作班，左起蓉子、周芬伶、趙滋蕃、羅門，攝於東海，1983 年。

而我們像對待貴客般謙卑客氣，真愛有時就是這樣缺乏真實感，你是真的人類，真的存在？它存在於親子之間，有時存在手足之間，那些狂囂能說得出來的都是淺愛，因此我們都能完全理解這樣的人。

我在《山風海雨》找到一些解釋，他寫到母親跟他個性相近，都不善表達感情，然感情深到母親跟他兩眼相視就會笑出來：

我心裡其實很捨不得離開母親，但就像上中學以後那幾年，雖然心裡有許多話，許多捨不得的話，想對她說，就無端地強忍著，不肯開口，這樣必要地折磨著自己，生怕否則就變成一個感情用事的人吧？但感情用事有什麼不對嗎？又說不上來。然而我又覺悟了，發現母親實在是完全明白的，她知道我有許多話想對她傾訴，但兒子已經長大了，一方面大概有些事情不便說，說了也無從參與、歡喜，或者憂慮，一方面她更了解這無非就是兒子的個性使然，羞澀多過其餘，就像她自己一樣，凡事不知道怎樣才能無保留地表達，除非透過文筆。

他寫的人事物很細節，譬如跟母親的關係，應該是很緊張，因為是不說話的孩子，她知道他的聰穎，心意相通才忍不住四眼相對便笑。這羞澀而早慧的詩人到東海，他先讀歷史系，後轉外文系，年少已有詩名，因而驚動學長。那時文學院一班不到十人，外文系多一點，十幾二十人，經濟系、社會系也在文學院裡。這裡名師雲集，社會系董同龢，外文系 Shepher 謝培德夫婦、柯安思、克福蘭等英、美教授，歷史系由原本任教於台灣大學歷史學系的劉崇鋐教授擔任系主任，另有朱延豐、藍文徵、祁樂同、楊紹震、馬龍（Malone）等，中文系牟宗三、蕭繼宗、徐復觀、梁容若、孫克寬、高葆光、魯實先、方師鐸……陣容強大，理學院的梅廣因此轉到文學院，那時還有杜維明、許達然、洪銘水，林衡哲……林只念一年就轉讀台大醫學院，但他與楊牧曾是同學。林衡哲後來創「新潮叢書」，就找在美國的楊牧幫忙，他說：「我與楊牧曾在紐約時代催生過『新潮叢書』二十四本，我們二人的友誼，也是在東海大學建立的，他是花蓮人，他考上歷史系我念外文系，雖然不同系也不同宿舍，但國文與英文卻在同班上課，而且緣於同樣對文學的愛好與學問上的朋友，彼此皆相知相惜，互相尊重。」而他為何投入翻譯，影響他的是一九五九年十二月九日徐道鄰的一場演講「論翻譯事業」：他聽完感想很多，在日記寫道：「在一千多年前，中國是一個最善於翻譯的國家，但翻譯的結果，並沒有使民族固有的文化失去光彩，相反的，因為外來文化的調和與潤澤，使中國文化有了新的發展，今日的中國，在文化上每每令人有青黃不接之感，翻譯事業之不發達，是最大的原因。」這讓他在美國時與楊牧一起搞翻譯，連同廖運範醫師分別譯出《羅素回憶集》與《佛洛伊德自傳》，這都是當時文青熟悉且必讀的。

葉的身世

那時的東海獨立招生，一個年級只收兩百人，來報名的近六千，錄取率三趴多，資優生群集，且文理不分家，因小班制，大家都熟，住在這深山野林，沒地方去，大家都在樹下草地上念書聊天。理科懂文學的不少，如物理學家陳敏就和他一起讀詩，並愛上濟慈。

陳敏曾說，「劉崇恆教授的物理學奠定了我事業的基礎，而劉述先教授的美學開啟了我對西洋文學靈魂的探索」，劉述先老師承襲第三代新儒家的學統，我在政大修過他的「文學概論」，當時他擔任系主任，可惜沒聽過他的儒學課，系裡有幾個老師講經學，起初很難感應，上羅宗濤老師的「禮記」覺得有趣，「詩經」、「禮經」都上了，想挑戰十三經，遂自修「四書」，覺得出好處，因諸子課很齊，「清代學術思想」老師開啟我對中國哲學的興趣，後來讀牟宗三的《哲學十九講》有統攝的作用。劉師在東海與牟宗三、唐君毅、徐復觀、方東美形成的「新儒學運動」，影響深遠，之後杜維明繼承其後。陳敏師從諾貝爾獎獲獎者 E. G. Segrè 和張伯倫，為麻省理工學院物理系終生教授，他發現幾百個三噴注事件，在膠子的發現過程中做出了很大貢獻，他在一九七七年在給友人楊牧的信中提及在大度山上一起讀濟慈：「……一九七六年冬天，在瑞典首都斯德哥爾摩參加諾貝爾獎大典後，回到日內瓦，在阿爾卑斯山的雪峰下，我首次聽到了夜鶯的歌唱。這才領略到濟慈形容他『喜悅到心都隱隱作痛』的感覺。回想起在大度山誦讀濟慈夜鶯詩的情景，算算離開大度山已經十幾年了，這些年來，忙著做實驗，從物理題目的規劃，儀器的設計與製作，資料的收集與分析，每個實驗差不多都是四、五年，沉醉期間就像做了個夢……」葉珊，大家當時都叫他葉珊，是濟慈的信徒。

杜維明回憶當年在東海求學的日子，那時大度山是新儒學的大本營，他受中文系的牟宗三、徐復觀教授的影響，立定了自己學術思想的方向。他也修了許多外文系、哲學系的課程，那時跨系跨學院修課是正常，學校要求英文要好，外文系英文與文學課大家搶著修，說一口流利英文是基本要求。杜認為東海最特別的地方就是「樸實」，跟城區學校有著不同的氣質。

「樸實」其實是用許多誘惑與便利換來的，因學校初蓋好，一片紅土地光禿禿，校園廣大，學生稀少，來了什麼厲害人物都會掀起波瀾。當時的東海在外文系教授謝培德的記述下是這樣：

當時東海基本的大學規模已經成形，文理大道兩旁的文學院、理學院已完成，兩旁尚未種植如今已綠蔭森森的榕樹。行政大樓、舊圖書館、體育館、男女生宿舍及教職員宿舍都與今日相同，不過東海地標——路思義教堂尚未動工，校長公館也還未興建。因無綠樹碧草，到處光禿一片，起風時更是塵土飛揚，好在當時的會計長畢律斯女士趁台中鋪路之便，央請台中市政府順便到東海鋪設道路，為學校省下不少花費。

後來一個二次世界大戰後中美合作的中國農村復興聯合委員會 JCRR（Joint Commission on Rural Reconstruction），贈送東海幾千棵樹苗，其中多為相思樹、松樹及尤加利，以實驗何種樹種能耐大度山上貧瘠的紅土與威力驚人的強風。

那時嶺上的風可吹碎人，連圍巾也會飛上天，校園與農村為鄰，常有農人駕牛車悠然走過，或在草地上放牛，外面馬路沒鋪好，從朝馬以上還是石子路，下山約會的話，男女要在這陰陽界分手，自己走回山上，過了幾年才有

早期東海校園，約 1960 年，教師宿舍。

巨業公車，一天兩三班，是這樣的與世隔絕造成的「樸實」。

雖然這樣，房子的建築、空間一流，在貧瘠的五〇年代（這學校與我同庚，多麼難以啟齒），設備超級現代，謝培德說：「來台之前，我們已打定主意過一種與英國全然不同的生活，我們心想此地的設備一定不足，卻萬萬沒想到東海的住家和環境遠比預期的好得太多。不但裡面有各式家具，還有一間傭人房呢！抽水馬桶（英國進口的）、冰箱（我們在英國還沒有呢！）、煮飯用的煤油爐等一應俱全，比起當時周遭的環境，東海可說是十分現代化。」當時台灣還在農村社會，生活水準遠比西方低，東海生活水準卻很高，許多人還請傭人。我在七〇年代中期到東海，就被這種「貴氣」嚇到，學生像美國學生，男女多留長髮，穿得很嬉皮，卻住在美如仙境的古典園林，老師宿舍區不用說，美式庭園，唐風建築，令人駐足。學生宿舍有冰箱電視，有些人還有自己的小冰箱小電視。堂哥讀生物系，小小的四合院，跑出許多漂亮的人，每個人都在床下偷養小動物。妹妹的同學中有「八美」，其中有宰家千金、龍宇純女兒，還有妹妹的密友L，她美豔入骨，是秦可卿一流的人物，這樣的美我真的沒見過。在台北大學裡多的是大官富賈的千金，然她們剔除衣妝、打扮，身材，那張臉都是驕氣浮氣，東海女子的美如清水芙蓉，見之忘俗。夜晚時滿天星子亮而大，可以仰望摘擷。菜頭與我素不相識，也知我是競爭者，卻把「聲韻學」筆記借我，這麼慷慨無私，我對妹妹說，這個奇異地，我定要來。

其實在更早以前，第一印象並不好，一九六九年我初二，畢業旅行有一站是東海，但見一片低矮灰房子，到處是矮樹苗，那時不懂唐風，就覺得簡陋，打了不及格，只在還建好不久的的路思義教堂前照了一張照片。

那時他正在柏克萊念書，又是一個林蔭幽美的地方，除了山風海雨，他跟樹林與葉真有深緣，之後的麻大、華大、東華都是林園學校。而我不知日後會與這片土地發生關聯，直到我被這片山林吸住。七〇年代中期可說是這裡最美的時期，大樹已成林海，掩映著灰簷紅牆，數不清的林間小路，通往神祕之境，這裡早晚起白霧，如無數白蛇蜿蜒，草地如淋了蜜般豐美，陽光草坪周圍的天空之樹想是以前的老林子，以下是老師宿舍區，有的種了梨花、李花，有的結果纍纍，恍如獨立於台灣的異時空。而一九五九年初抵東海的他，看到的還是一片紅土中尚未長高的鳳凰木：

鳳凰木其實已長得比我們都高了，一下車就感覺到，而且小河邊上的青草也修葺得很好。只是放眼朝那起伏的台地望去，依然看不到想像中應該有的蔥蘢林木，只見低矮的植物點綴四處，縱橫來去，整齊地隨丘陵起伏，在漸深的黃昏色裡不能判斷其種類。反而，我就注意到遠近一些貧瘠的地面，在漫長的夏日曝曬之餘，凸顯出一種黃灰帶紅的色澤，如此乾燥，縱使在細緻的人工布置之餘，例如眼前那些曲折來去的石版步道何嘗不提示著一種雅趣和長久人文建置的企圖，或決心。迴旋的欄杆將宿舍樓房象徵地圍在它的歸屬區域，行人沿設計的路線繞過一些地標，好像早已成為習慣，就在過去那四年的時間裡。這時暮靄幾乎將掩去沉沉重落的，東邊那大半個天宇顏色，我竟也從不著邊際的時間意識裡及時撤回，捕捉到微明未曾完全消逝之前那短暫的一瞬，那邊對我保留的屋脊以及傾斜交會的、令人神往的瓦當結構。

在樹林還沒長成，路思義教堂未建造之前的東海想必還稱不上美，能探險的至多是一點也不夢幻的夢谷，文學院的建築最美，有木造迴廊與種有鳳尾竹

與校友洪銘水合影。

東海大學校刊。

周芬伶（左一）1959年在路思義教堂前留影，楊牧正就讀東海。

的中庭，四周竹林環繞，是人氣最旺的讀書場所，開放式圖書館有看不完的書，外面的荷花池也是大家流連之地。瓦當還很新，被陽光曬得發白，唐式的書院建築，走在其中，大家都變得文雅，校園最美的景致不是建築，而是人。身穿長袍的經師，帶著英國腔的洋教授，在那個追求現代化的半個洋學校，漢唐宮闕與藍眼白膚一點也不犯沖，尚且競相穿起長袍，他也曾是吟哦古詩的長袍古人。

文學院最熱鬧，大家都推杜維明為老大，梅廣來之後更起帶頭作用，洪銘水還為《東風》畫了封面，他是第三屆，楊牧第五屆，在東海很講輩分。這些早期學生在一九五六年創辦「東風社」，成員多為中文系學生，內容較偏重於文藝性，光看第十期的陣容就很可觀，一九六〇年，他二十歲，還是以本名王靖獻發表文章。

當時洪說：「那時聽說來了一個詩人，大家都談論著，他那時瘦而高，身穿淺色長袍，很斯文。」他到中文系修「詩經」與「文字學」、「老莊」，在《東風》至少發表三篇文章，剛開始用原名發表〈談新詩的欣賞〉、〈葉〉，到大四才用葉珊發表〈自剖〉，可能在民國四十九年，還沒出詩集，出了詩集，詩名漸響，遂用葉珊之名與瘂弦一起在五十二年《東風》發表文章，那時他們感情交好，往來密切，瘂弦的名聲正隆，很照顧他。大約在此時發生了牟宗三事件。牟先生朋友不多，跟同事亦少往來，也不在意婚戀，他到五十歲才結婚。當時初婚的牟宗三先在銘賢堂講「理想主義」，甚受歡迎，他融貫中西哲學，在〈五十自述〉中寫著：「學是在曲中發展，不斷地學即不斷地曲。在不斷的曲與『曲之曲』中來使一個人的生命遠離其自己而復回歸於其自己，從其『非存在的』消融而為『存在的』，以完成其自己。」他創「獨體」一詞，認為一個人盡情盡理、盡才盡性才是一個「獨體」，它是一種「智性直覺」，源自「生命靈活的不安分」，一反康德的理性主張。令我們想到他的老師熊十力講的「孤往」，是一種雖千萬人吾往的大氣魄，他說：「凡有志於根本學術者，當有孤往精神。」熊氏二大弟子在東海，五十歲的徐像中國儒士，將「體用不二」、「經世濟民」發揮得淋漓盡致，又將中國藝術歸結於老莊，形成一種美化的人生，可說是實用派；而牟在〈五十自述〉中大力批判胡適、馮友蘭、張君勱、梁漱溟，文字狂放而瑰奇，五十歲的牟更像一個創作者，聞其說讓人入迷。加以學生粉眾多，為他惹來麻煩。

在這樣濃厚的人文與哲學環境中，他偏向何人？那時他熱中於創作，對辭章的要求更迫切，他修習高葆光的「詩經」課，成為他日後研究的重點。但在人文思想濃厚的背景下，他不會無所動，嚮往老莊的逍遙於天地萬物之間，一景一物都經心，「孤往」獨遊於天地之間，追求風骨，讓他的文章正大而無絲毫媚態，寫詩文而無媚態，這太難了！

韋政通提到「牟先生到東海大學後，也辦了一個私人的講座，他有講學的熱情。為什麼要辦私人講座呢？那是因為平常教學，教室裡面的學生不是他能選擇的，你繳學費我上課，是交換的行為，不容易教到真心想要學的學生，所以他自己在學校開私人的講座，願意來的學生，都是後來容易跟他發生私人情誼的。東海大學當時夜間教室不開放，講座是在學校餐廳舉行，這也是牟先生人生第一次講康德、講黑格爾」。洪銘水也說「梅廣啊杜維明、陳敏、王淮，大家聽了他的演講很有興趣，就去要求老師再開講」，之後牟在餐廳開課講哲學，許多人都去聽課，他去了一次就沒再去，一個暑假過後，牟先生被舉發離校，引起軒然大波。洪說「他說優秀的人都是左翼分子，也許是這句話惹禍」，韋則說「牟先生離開東海大學，實際上是因為跟徐復觀先生處得不好，他不喜歡徐先生常惹是非」，有一說是某老師舉發，徐還幫他說話，這才安全離開。到底是何者，在黨國戒嚴時期，誰也不敢討論。當時學校就是自由主義與黨國思想衝突場，孫克寬、柳作梅是孫立人將軍的後人與部下，新儒學三雄在東海，還有黨鞭與密報者，人事很複雜，這件事震撼了學生，但大家都不敢提，當時楊牧對這件事肯定痛恨，因此他才在文章寫著：

離開東海，才知道在東海的四年只是我孩提時代的延續。那些美麗的夢幻、那些憧憬都同樣疏落，同樣紊亂。在甜美的協奏曲裡讀甜美的詩篇，在圍巾棉袍裡鑽引「鵬之大，不知其千里也」；那些密密麻麻的注疏，古人的旁注和眉批，徐先生的筆記和論文。你雄心真大，就希望自己能想出一個新解來攻擊長輩；而你什麼也沒有創造出來，因為線裝書上的灰塵曾弄髒了你的衣袖——你是一個潔癖的大學生？你的袖扣發亮？你的書籍燙金？唉，你知道得太少了，你知道天冷了有多少人受凍嗎？你知道風起的時候，有多少人失眠嗎？「根據克羅齊的美學原理，表現一詞有它獨特的意義——」你枕著涼簟咀嚼這句話；什麼獨特的意義？「成竹在胸」，我明白了，明天到中文系去看看玄祕塔的真跡，後天呢？後天去斷崖野餐吧，順便看看落日。而我離開東海才四個月，已經看到了許多真跡，什麼叫作成長，什麼叫作生活，什麼叫作恐懼，什麼叫作割捨！那四年對我如浮雲，有時燦爛，有時灰暗，卻沒有太多意義。

他毅然決然離開，先去了愛荷華大學讀碩士，亦是多樹多花之地，然後去加州柏克萊大學讀博士，也是植物園大學，助理教授在麻州大學，於Amherst，艾蜜莉．狄金生的故鄉，有名的美東美麗古城，花木湖泊密布，我在九〇年初在這裡交換教書一年，是個保守抑鬱的城市，到處是艾蜜莉．狄金生的畫像與幽靈，六個月漫長的雪季，讓人心靈陰鬱的小城，他卻甚少提起。十年間從中西部到西岸，又到冰天雪地的東岸小城，這十年可能是他最動盪且壓抑的時期，於一九七二年改名為「楊牧」，從母姓，這時期他只出了詩集《傳說》，也是最後一本以葉珊為名的書，這是一種心靈的重生，重生前曾有的死亡暗影。自此他已潛藏樹的身世，葉的自名。

這原是已經付出的抵銷過歲月的
恐懼！我們目睹美如死亡的
美如死亡的羊齒植物，悄悄地生長
而它也僵化為擺設，啊，死亡的盆景
有些塵土以外的窒息，仍暗澹地
在意念和山區裡澎湃
某種氣味，型態，某種溫柔的拒斥

而在這個時間點，我到東海，初始開心無比，夢想完成，走在路上吹各種風，有吹亂頭髮的大度風，還有全東海只有二十一個研究生，神氣的風，連學校分配的工讀都較高級，別人掃地掃廁所，我在圖書館管影印，還有看不完的課外書，每天散步或慢跑，還跑歪掉進山溝，被人撈上來。我應該是開心的，樹林於我如前世記憶回來張望，這時才讀葉珊散文，我是倒過來認識，先讀楊牧詩，才讀葉珊文，前者高華，後者浪漫，才知他葉的身世。然自鄉土文學論戰到美麗島事件，退出聯合國，中美、中日斷交……國都要亡了，血已沸騰，讀不進古書，天天追文章與新聞，想研究現代文學，題綱一直被退，最後休學。

再回來已百年身，勉強畢業，口考完把論文塞進床底，發誓永不回校園，在報社上班兩年，趙老師擔任系主任，幫我填擬聘表，又回到校園。我是不能發誓的，一發便反中。奇怪的，我行事做人笨拙，學生卻喜歡我，第一篇散文〈小大一〉是寫給學生的臨別書信，之前都在寫小說，在最後一堂念出後，底下哭成一片，後來刊在〈人間副刊〉，那時已二十八歲。這麼晚開始，文學路十分坎坷，花了十幾年才開竅，大約晚熟又遲鈍，這是為何喜歡當引路人，因我走太多冤枉路。寫作之後，與東海越近，心離得越遠，這時住在中興附近碰上王淮，來過我家一次，邀我飆摩托車。無緣碰上熊師、徐、牟雙傑，卻碰上王老師，他上課像猴子般走跳，機鋒四出，妙語妙人，說：「哲學像數學一樣，連小數點都要計較」，是啊，一個字能講兩個鐘頭，學生搶著上課，而他卻愛罵人，當掉一半。才知熊氏一門都是武打派，一見面舌槍唇劍兼揍人，下課後跟學生一起飆摩托車，他六十總有了，這樣妙的人為什麼不寫書呢，他說他不立文字。

一句重話讓人想數十年，現在才明白真人是不露相不著相；一個叩問，一叩數十年，而問常常是得不到回答的。

然而，他為什麼不願回首，不願記起葉的身世？

他仍不時與徐復觀通信，在台灣解嚴的一九八七年，才把一些往事寫出來，尤其是《山風海雨》，寫及東海的幾個老師，我在採訪中問及他偏向哪個老師，得到的回答是徐復觀，牟雖時有驚人之創見但難追蹤，徐善教能服人。他曾說「為了教《史記》，我便把蘭克、克羅齊及馬伊勒克們的歷史理論乃至卡西勒們的綜合敘述，弄一個頭緒，並都做一番摘抄工作。因為中國的文學史學，在什麼地方站得住腳，在什麼地方有問題，是要在大的較量之下才能開口的。我若不是先把西方倫理思想史這一類的東西摘抄過三十多萬字，我便不能了解朱元晦和陸象山，我便不能寫『象山學述』。因此，我常勸東海大學中文系的學生，一定要把英文學好。」讀中文要同時學好歷史、哲學，還要英文好，怪不得學生出去後個個發光發熱，連杜維明也說「徐復觀先生的人格風範，就像東海一樣的遼闊，像大度山一樣的永恆」，這是怎樣的傳承？

直到一九八七解嚴後，他才提到這件事，其中有徐復觀先生、牟宗三先生，還有一個方先生與蘇先生。他上徐的「老莊」課，老師要求圈點，有一天他問「載營魄抱一，能無離忽」怎麼說呢，徐不講這句，轉講「專氣致柔，能嬰兒乎」。赤子和愚人，乃「抱一」的狀態。然什麼又是「專氣致柔」，他窮追不捨：

徐先生家門外種了幾棵桂花，已經長得比人高，洋溢著香氣——一種不同於玫瑰或梔子花的香。我出門時感受那隱約的衝擊，聽到紗門輕輕碰回去的聲音，木門闔上的聲音，書本的氣味隨即絕緣，明亮的陽光下有細微的桂花，在濃淡不一的植物枝枒間飄浮，無聲襲至，準確地衝擊我的感官，和神志。莫非就是這個，「專氣致柔」？

在這裡可以理解他的世界何以充滿細微的觀察，文字那樣柔軟，那是一種專氣。他寫牟先生就很曲折，剛開始因名氣太大，保持距離。後來到老師家聽講「存在主義」，他聽了亂無頭緒，無比沉重，聽了一次就沒去。後來「東風」請他演講「理想主義」，整場演講他一直分心，在快結束前，「先生彷彿將自己的思考當場就集中到一個重點，憂鬱地說，理想主義——共產黨可能還有點理想主義啊，我們哪有什麼理想主義呢？」之後的暑假他去了成功嶺，回校之後牟先生不見了：

倒是新學期開始不久，我就注意到教哲學的牟先生一直沒有出現，覺得有點納悶。雖然如此，我也不認為我應該多問，譬如說「為什麼走了呢？難道都沒有跡象，走了就走了嗎？」等等愚蠢的問題。直到秋風真的起了，有一天，我才聽一位高年級的同學很憤慨地說，牟先生是走了，不會回來了，他出了問題，被人告發，書就教不下去了，我們同學這樣說，大家都知道了，怎麼你不知道呢？那一天你也在啊，他說：牟先生演講，講「理想主義」什麼的。我在，我記得。我記得他說，糟糕的是我們竟已失去了理想主義，還不如共產黨，總算有他們的理想主義。據說因為這樣的理論，被人告發了。而告發他的人，就是那一位教我們楚辭、作詩填詞、下棋寫字的蘇教授。

只有姓是假的，事件經過近三十年他才寫出來，而且說得這麼直白，一點也不專氣致柔，憋了這麼久，直說是表示震驚與憤怒。這幾個中文系老師的形象寫得特別鮮明，有點《儒林外史》的小說味道，然要說明他的文學身世，得說明他是如何經過風霜披瀝，程門立雪，體露金風。武打派真真坎坷，熊十力在文革中，拜孔孟死不屈服，最後絕食而亡；徐因在《民主評論》鼓吹民主，批評君主專制，引起蔣中正不滿，因而失勢；牟在中美斷交後，預言七九年美國棄台是大錯，未來中美將再度冷戰，共產黨絕不能出海（第一島鏈）。錚錚鐵骨啊，這才是東海新儒學精神。

五月跟蹤而至

我剛教書時，妹妹在外文系當助教，那時主任是謝培德，有一年夏天他和幾個系上老師到故鄉屏東玩，其中一個來自普林斯頓大學畢業的講師後來成為妹夫。那幾年常與謝夫婦吃館子，他們喜歡美食、朋友與寶石，中文講得很好，我不敢跟他們講英文，謝培德畢業自劍橋，英文有很重的英國腔，瘦長臉大鬍子像更帥一些的林肯，他收集各種貓頭鷹玩偶，送他東西最簡單，挑不同的貓頭鷹即可。太太 Joan 愛美愛收藏寶石，她當時已快六十，仍穿豔色洋裝，身材有點豐腴，雙層尖下巴，還是一雙細長腿，臉頰自然紅粉，化著妝的臉戴大型耳飾項鍊，很大氣，年輕時一定是英格蘭美女；話較多的她常是宴席主角，夏培德主任多半笑而不言，遇到有興趣的話題才侃侃而談，是紳士風度的最佳示範。兩夫妻常逛珠寶店，討論它們的顏色、火光、硬度，從沒見過這麼懂珠寶的男人，讓我想到溫莎公爵。他們好客，每週五下午在家固定有午茶，聖誕節吃大餐，系上老師大都會到，一時英語與中文交錯。我去過幾次，家中除了充滿貓頭鷹擺飾，布置簡樸舒適，離我現在住的地方隔一條巷子的B House，有個長長的通道，通向廚房，完全浪費的空間，他們住在這裡已快三十年，把房子住老了，院子的蓮霧樹長得很高，滿地落果，房子裡的光線也已昏黃老去，只有人不老，跟門口的桂花一樣，仍在飄香。他們是外文系的靈魂人物，至今外文系前的中庭仍有一張椅子紀念著他們，他們的智慧與努力讓東海外文成為文科數一數二的科系。每年有一大批常春藤畢業的學生來當英文老師，他們活力十足，儀表談吐優美，成為東海的又一美景。他們常來我家吃早餐，我煎法國吐司與玉米蛋，牛奶、咖啡、茶，一屋子「美人」。妹夫Rich，出身華盛頓法律世家，後來成為華府檢察官。他對妹妹有好感，但常說想娶日本太太，因他愛吃日本料理，又說他本來要去日本，不幸被颱風吹到台灣。他溫文爾雅，很幽默，我們都被他逗笑了，可他算是已告白卻無諾言。教一年後回國念法律學院，妹妹為愛長征，決定殺到美國，申請到一間東岸大學有全額獎學金，離他家近；一間在西岸只有一半獎學金，Rich 不願表達意見，她問我去哪個。我那時正讀榮格，說你明天一早醒來第一個念頭想到的那個就是，隔天早上，她說我第一個想到的是西岸那間，說完滿臉悻悻，以為情事已了，潛意識常會說出你不願接受的話。

妹妹去西岸成為楊牧的學生，同班有曾珍珍、洪春滿，有些來自歐州的學生，會穿又聰明，問她上課情形，她說上「詩經」課聽得正陶醉，老師形容一座山像屁股，說是屁股山，然後自己笑得很開心。偶爾到老師家，大家都喜歡跟師母談心，她很美很體貼，夫妻生活幸福美滿。西雅圖的美在她口中像神話一般，有山有水，常常下雨，整個城市像水中倒影，很適合散步，街上常有人拉提琴，是走著走著愛會成盟誓的地方。如果她選擇去東岸，也許把 Rich 嚇跑了；她去西岸，相隔幾千里，沒來緊跟，讓讀法律學院功課繁忙的他慶幸又悵然，之後電話打不停，一個月飛來一次，一年後就訂婚，妹妹才二十六，Rich

二十五，她穿著萬里送達的月白鑲銀長旗袍，像滿清格格，不穿婚紗。等他讀書畢業那年，妹妹回外文系當講師，一年後帶著一串祖母遺下的珍珠項鍊與一本祖譜回美結婚，常常看著她的背影想哭，許多不捨都寫進《絕美》。這時我去聽林肯先生的「英國文學」，厚到像《史記》那樣的教科書，光聽他念英詩就很享受，他來台灣已二十多年，完全在地化，連女兒都在東海附校讀書，中文講得很好，他應該也算被颱風吹來的，他在一次採訪中說：

一九五八年的夏天，還只有二十七歲的我，剛從劍橋大學聖約翰學院畢業，正在一家運輸公司上班，那時結婚剛滿三年，女兒只有幾個月大。有一天，收到英國長老教會的一封來信，我記得是內人 Joan 打開的一個淺藍色信封，信裡問我有無興趣到福爾摩沙島中部一所基督教大學任教英文，我當時對手頭的工作興趣不高，自覺尚稱年輕，到一個自己從未涉足、又與英國風土人情截然不同之地，無異人生一段歷險，況且與一個剛起步的新興大學一起成長，誠屬人生一大樂事，加上 Joan 也不反對，我便毅然決然接受這個五年的合同，攜帶妻小準備走馬上任。

我們除了偶爾下山看電影及購物以外，其餘時間都待在山上沒有什麼花費。我記得物價開始大幅上揚是在一九五九年八七水災之後，這是我生平第一次面臨颱風，心中十分恐懼，當時風雨交加，東海有一家房子被雷電擊中，海水倒灌，連東海橋都沖斷了，我們面臨斷炊之苦，只得步行到山下買些食物。

當然那時家家都無車可駛，唯一的交通工具只有每日寥寥幾班的公路局巴士，雖然交通不便，購物卻比今日還便利，因為有人每日下午五時到府接受訂貨，次日一大早再送貨到家。Joan因為買菜及與傭人交談之需，中文比我學得快，她有一本十分實用的字典，裡面一個中文單字配個羅馬拼音及其英文解釋，每回購物，她都指著字典上所需東西的中文字以示想要購買，所以沒多久中文很快就能應付每日生活所需。而我因剛來不久，即忙於教學與安頓家庭，無暇學習中文，一年之後才正式開始學中文。

我認識Joan的時候，應該在外文系沒課了，跟在他書中描寫的形象不太一樣，她教他大一英文，把學生調教出英國腔，說你能為你「坎」，說你不能為你「康」，引起周圍側目。一天 Joan 進教室，感性地看著窗外，從紅皮課本中拿出一張紙，寫在黑板之前，回頭對他們說「一首詩」，好像吐露一個祕密：

Oh, to be in England
Now that April's there,
And whoever wakes in England
Sees, some morning, unaware
That the lowest boughs and the brushwood sheaf
Round the elm–tree bole are in tiny leaf,
While the chaffinch sings on the orchard bough
In England–now!

And after April, when May follows,
And the whitethroat build, and all the swallows!
Hark, where my blossomed pear–tree in the hedge

Leans to the field and scatters on the clover
Blossoms and dewdrops–at the bent spray's edge—
That's the wise thrush; he sings each song twice over,
Lest you should think he never could recapture
The first fine careless rapture!
And though the fields look rough with hoary dew,
All will be gay when noontide wakes anew
The buttercups, the little children's dower,
—For brighter than this gaudy melon–flower!

這是勞伯特．伯朗寧的詩，她直指主題「海外思鄉」，說那些鳥啊花啊只有英國才有，春天也是英國的。說完後大家沒什麼反應，她沮喪地在教室中走來走去。他認為詩不應該是這樣，故而大家都不說話，她說至少你們應該看到季節的指涉吧，春天。這時他才發話，你怎麼斷言一定是春天？「四月已經到了」，他說：「五月跟蹤而至」這應該就是春天吧。他為 Joan 解圍，她重起熱情訴說海外思鄉的嚴重性，因為英國人對春天的來到特別雀躍，各種鳥鳴花開，好像要說這是其他地方沒有的，真的是這樣嗎。他因此還跟夏培德談論，夏解釋說：「那無非就是因為思鄉的緣故，人在海外，就以為別的地方沒有。」一直到三年後畢業前，在夏培德家跟他們夫婦喝下午茶，他又不懷好意提起這件事，夏說：「是的，現在，四月就在那裡。」年輕氣盛的他為一首詩爭了三年。過了許多年，他在海外翻到這首詩，終於理解維多利亞時代的英國人在想什麼。他們到歐洲大陸浪遊，那裡的春天不那麼明顯，在春天特別思鄉：他也想及謝培德夫婦，都是基督教徒，也許負有傳教的任務，卻從未對他傳教，他們慷慨請他喝下午茶，卻聽他用他們的語言說些不著邊際的話卻忍著不爭辯，只修正一些資料。一個叩問是如此久遠，理解無比深長，為此他特地翻譯這首詩。

他不斷思考著，他們共同的沮喪分界在哪裡，這是美學的還是倫理的，或是文法的？也許他想問的是：「這算好詩嗎？」「詩是如此簡單嗎？」但他說不出，只好一直問。

他不能同意用"oh"破題起頭，既是描寫春景，那何至一再有時間提示，第一段已有「現在，四月已經到了」，第二段又再提「四月過去，五月跟蹤而至」的句法。詩一再犯重還是好詩嗎？他一再追索歷數十年。那之後來了一個老師的女兒代課時，他讀到葉慈的〈青金石雕〉，那是一九三五年葉慈生日，青年詩人里爾克送他青金石雕為禮，雕著一老者一書僮一琴還有一仙鶴，詩人在其中開啟想像，由視覺轉為嗅覺，產生詩的「感官交融」，他認為這才是「通過藝術想像力最蓬勃有力的運作始導出的新思維」，原來他爭的是維多利亞風的陳舊與重複，追求現代詩的創新：

……
這石上每一處色彩變化，
每一個偶現的罅隙和凹缺
依稀就是水流或雪崩紛沓，
或是飄著白雪的高崗
雖則無疑那梅花和櫻枝
正把小小的半山屋渲染薰香，

那幾個中國人朝它登臨，而我
欣然想像他們終於就深坐其中；
從那裡，對高山和遠天
對著全部悲劇景觀，他們逼視。
一個點明要求些許悲愴之曲：
精湛的十指於是乎開始調理。
他們的眼睛夾在皺紋裡，眼睛，
他們古老發亮的眼睛精神奕奕。

中國詩有新舊，英詩也有新舊。在五、六〇年代，勃朗寧夫婦的詩透過翻譯在台灣風行一時，尤其是他們的艱苦虐戀引發人們的浪漫想像，我也跟著讀，大家都說好，在苦悶蒼白的年代，浪漫愛無疑是救贖與出口，淺一點的讀瓊瑤，好一點的讀徐志摩，勃朗寧，像中毒一樣：

請再說一遍我愛你

不要怕重複，請再說一遍，再說一遍，「我愛你」
即使那樣一遍遍的重複，
你會把它看成一支「布穀鳥的歌曲」：
記著，在那青山和綠林間，在那山谷和田野中，
如果她缺少了那串布穀鳥的音節。
縱使清新的春天披著滿身的綠裝降臨，
也不算完美無缺
愛，四周那麼黑
驚悸的心聲，處於那痛苦的不安之中
我嚷道：「再說一遍：我愛你！」

看到這邊不禁發笑，夫妻倆都愛重複，可當時詩名那麼高，沒人敢說不好。他立即的反應，是那麼尖銳且窮追不捨，對詩藝與文字的要求如此苛刻，曾經日夜思考，只為找到與眾不同的「機杼」，那是屬於自己的意象系統，且要讓

文字自然發生。他用「還原法」讓意象自己流出，如「天上的星光，谷裡的螢火」是從現實中產生的印象，而創作從「形象」中選取「印象」，讓它成為「意象」，同樣都是Image，然意象要如何過渡到詩，必須憑藉合理的修辭，通過譬喻，讓散漫的思想得以連結、勾絡、呼應。所謂的「機杼」即組織與巧思，有了主要意象就要想如何去縫合，交織在一種情感化為的畫面，並加上一些典故作為框架：

水仙花

過去的星子在背後低喊著
我們不為什麼地爭執
躺下，在催眠曲裡
我細數它們墜落谷底，寂然化為流螢
輕輕飄過我們星光花影的足踝
唉！這許是荒山野渡

而我們共楫一舟
順時間的長流悠悠滑下
不覺已過七洋
千載一夢，水波浩瀚
回首看你已是兩鬢星華的了

水仙在古希臘的典籍裡俯視自己
——今日的星子在背後低喊著
我們對坐在北窗下
矇矓傳閱發黃的信札
嘲弄我荒廢的劍術。這手臂上
還有我遺忘的舊創呢
酒酣的時候才血紅
如江畔夕暮裡的花朵
你我曾在烈日下枯坐——

一對瀕危的荷芰：那是北遊前
最令我悲傷的夏的脅迫
也是江南女子纖弱的歌聲啊
以針的微痛和線的縫合

他慷慨地分享他的詩藝追尋歷史，這些過目不忘的景物，只要在書房中就能一再神遊，無需走到外面，也能獨遊於天地間，且處處有自然。詩語是違常的語言，表達的卻是正常的情感與思想。過於正常的語言就不是詩了，詩要追求的核心，在它的邊緣，以及外沿縱橫分割的各個象限裡，最應該追蹤的對象是隱喻（metaphor），因它是「一種生長原象，一種結構，無窮的想像」。

說得多清楚啊！我偶爾談詩時，常把學生的第一次作品倒過來讀，如「一張寂寞車票／判刑逃跑的鞋／撕咬無重量的領帶／你的手握成了袖／香水盡了義務／繡錯了順序／如領上的唇」，一般都沿時間順序寫，或合於正常文法，成就的是平乏的詩。倒著讀就是「領上的唇／繡錯了順序／香水盡了義務／你的手握成了袖／撕咬無重量的領帶／判刑逃跑的鞋／一張寂寞車票」，如果倒著讀更好，那就重寫。像他的這首詩前幾句組合的時間序是倒過來的：「過去的星子在背後低喊著／我們不為什麼地爭執／躺下，在催眠曲裡／我細數它們墜落谷底，寂然化為流螢／輕輕飄過我們星光花影的足踝」，它的還原順序是，先有落在足踝的星子，再有流螢，然後墜落谷底，接著催眠曲，躺下，接著爭執，最後才是過去的星子在背後低喊，既是倒裝又交錯，這就是「機杼」，要獨出與新造，因此詩無常法，然要合常理。

少年詩人的完成

在東海大門馬路斜對面有間天主教堂，乳白色的小房子，裝不了多少人，東海是個宗教大學，但是平常或正常的人不會傳教，只要你不走進教堂或宗教中心，很少人感受到宗教的存在，然這種不干己是最致命的，因為它會逼你與神相對，同時與自我相對，如其時流行的存在主義，不斷探索自我的存在，我是誰？意欲何往？他常越過馬路到那小教堂，就是澆澆花，偶爾聽道。神父從不向他傳道，他卻喜歡跟他對話，他的話語如詩：

我喜歡聽神父說他不著邊際的話，時常覺得被其中跳躍、浸染的理路，也即是說，被那種縹緲的比喻或寓言所吸引，包括每個主日在鈴聲斷續漸息之後如何危危站立壇前臨即的講道，縱使簡短且格外因為他的口音而顯得隱微難懂，也深深吸引著我高頻率牽動的思維，努力追隨他字句間接續或斷裂的辯證關係，甚至無懼於他出奇明顯的口音（也許是嚴肅之心使然，或可能是怯場），終於也能亦步亦趨把他的語意內涵隨時設定，澄清。詩的思考吧，抑或傳統哲學家操縱符號意象的表達方式，一個神學院僧眾歷經過的沉著、冥漠、專一，莫非注定就是要通過如此委婉而陌生的展現，毫不憐惜俗眾，方才有完成的一天？

這裡說明一種修辭法，思考的跳躍，排除庸眾媚俗而走向經院僧侶修行般的沉著、冥漠、專一？它涉及詩與宗教、真理的問題。

他對中古世紀的經院哲學和耶穌教會產生興趣，那些冷僻的知識、經典的抄寫與考據，讓我想到艾可《玫瑰的名字》中，小說家描寫那些在山中修行的僧侶，一個字一個字像銘刻般抄經，尖筆細畫的聖像，頭低到經書中，指尖快噴出血，穿越那片荊棘去找尋百合……這些離我們實在太遙遠，因遙遠而產生美感，我是直到義大利聖方濟各修院，看到那些宗教濕壁畫，阿西西聖殿的天堂之丘，聽說聖方濟各能說鳥語，常對小鳥宣教，這我是相信的，義大利人的語言天賦。然他為何嚮往耶穌教會？他想像他們的愛智與好學，拋棄個人財產、禁絕私情、嚴守戒律，並將福音傳播至遠方各邦國「這些縱使遙遠，或甚至何等渺茫，卻又令我為之心折，嚮往」，他因此產生奉獻的，謙卑皈依的精神，但終究沒有臣服於宗教，只把它作為一個陌生的隱喻：

教堂的黃昏敲著無聲的鐘
（耶和華是我的巖石，我的山寨）
藤花綴滿中世紀的磚牆
十二使徒的血是來自十二方位的夕陽
在七彩的玻璃門上注視著一個悄悄爬進來的魅魎

疲乏的土地啊，磐石的陰影下繁榮著罪的罌粟花
草地上躺著一個唱過聖詩的漢子
他昨夜歸來，像一個受傷的劍客
落荒奔離廝殺的沮洳場
帽子掛在樹上，又像一個異教的僧侶
把馬匹繫在路上，繫住沿途的猶豫與不安
耶和華是我的巖石，我的山寨——他念道
教堂的黃昏敲著無聲的鐘，敲著未落

他是劍客與聖徒的混合，選擇《詩經》，因它既是儒家的經典，研讀經學特有的注釋考據，鑽入文字裡，以冷僻艱深自肅奉獻自己。他或許不在新儒學中，經學是稱得上的。《詩經》易讀，解經難。徐師教他點批，大字要點，小字也要點，這裡有熊師的閱讀法。讀書不能光會挑毛病，好的要讀壞的也要讀。相傳徐復觀問老師應該讀什麼書，熊師推薦了王夫之的《讀通鑑論》，徐說已經讀過了，熊冷冷哼聲，說：「回去繼續讀。」過幾天，徐讀一遍再來，

熊師問他讀得怎麼樣，徐說了一堆讀後不滿意之處，他一聽，跳了老高，指著他的鼻子罵：「你這個東西，怎麼會讀得進書！任何書的內容，都是有好的地方，也有壞的地方。你為什麼不先看出它的好的地方，卻專門去挑壞的？這樣讀書，就是讀了百部千部，你會受到書的什麼益處？讀書是要先看出它的好處，再批評它的壞處，這才像吃東西一樣，經過消化而攝取了營養。比如《讀通鑑論》，某一段該是多麼有意義；又如某一段，理解是如何深刻；你記得嗎？你懂得嗎？你這樣讀書，真太沒有出息！」罵得徐出一身冷汗。年輕才子光會挑古人毛病，古今皆然，他也曾經挑老師毛病。

他批點經書，不是為修辭的愛好，是為克制過多的熱情與修辭。修辭是有界限的，修到最高點會讓你攀至孤寒之地，引發創作者與讀者的雙重不信任感，因

圖書館館長 謝培德（Ivor Shepherd）。

而進不去，創作不該只為自己，「寫作是為了將你內在深深的基層流露，表達，肯定那個方式的創造乃是生命的基礎展現，讓你生命的潛在通過這唯一的方式展現無遺」，他能相信的話語就是委婉，合理。這讓我想到「楊牧」的另一解讀，牧是牧羊人，倒過來是牧楊（羊），當年的 Shepherd 夫婦教他讀第一首英詩，他們是信仰的也是文學的 Shepherd（牧羊人），我在上他的課時，在詩中講到「橡樹」的象徵，他說橡樹是西方樹中最堅硬也是最強大的，像是世界的中心或支柱，卻覆蓋大地，緊抓大地。他高舉著手臂，把自己站成一棵橡樹，他是懂詩的，也是謙謙君子，文學的牧者，他從不說教，就是包容一切。《聖經》中寫著「從門進去的，才是羊的牧人」，也就是人要走正門、大門：又說「你們從前好像迷路的羊，如今卻歸到你們靈魂的牧人監督了」，有迷途知返的意思：又「到了牧長顯現的時候，你們必得那永不衰殘的榮耀冠冕」。他想追尋不朽的榮耀冠冕，因為從與神父的交談中，他已證明最好的思考與話語是「在那生澀的術語中充分揣摩，追求突破，甚至掌握若干使不致逃離，還有系列的邏輯思考紛紛呈現，展開，為我虛實示範，用以尋找人生的典律法則」，為此得揚棄一切殘缺和褻瀆。

殘缺與褻瀆不正是現下文學的主流嗎？我們如何回到神聖，奉獻與犧牲，剛健明朗，專氣致柔？

文學是要走到對面去的，走到更遠的地方，像他逃離校園，走到對面的小教堂，那裡有中古世紀的耶穌會，有神聖的光，睿智的語言。

他如此建立自己文學的祕教，古老的傳統，牧者的榮耀，神聖的光輝，揚棄殘缺與褻瀆，自成系統的邏輯，適度且合理的修辭，成就抱一守柔的文學，這也是一種「孤往」。

我想我已找到答案，為何他難以接近，且常模糊其詞，有時失去溫度，因為直接的語言是最粗暴的：然我可能也沒找到答案，一切如此模糊而不確定，人性如窗紗，充滿網眼與沙塵，如何看透呢？他的思想不一定跟新儒學有關，然儒學的現代化跟西化有關，是中學西用的深化。熊老在支那內學

葉珊的第一本散文集。

院習佛幾年，逃出後寫〈新唯識論〉，被佛門攻擊後寫〈破「新唯識論」〉，再被攻擊又寫〈破「破新唯識論」〉，可見他非常跳脫，不自設限，這是東方式的經院哲學，靈活生動，我喜歡讀理學家筆記，說「一顆活蹦蹦的心在腔子裡」，言語生動。他從佛學出發，主張宇宙萬有，都是依託阿賴耶識（Alaya，藏所或藏識）方能生起，一切客觀的外境，都非實在，一切是主觀的。

宇宙是主觀的，那麼我心最重要，因為識由種子生，種子即道心、天心，種子含藏在人心中，然而人心由何而來？人心在我內，如我是假我，人心便懸在虛空裡，真我的心為「本心」、「真心」、「性智」，是一清淨而無染污，健動而非死寂，真實而不虛假的正面存在。熊十力師說「吾惟以真理為歸，本不拘家派」、「吾為新的佛家，亦無所不可耳。然吾畢竟遊乎佛與儒之間，亦佛亦儒，非佛非儒。吾亦只是吾而已矣。」，從「吾」出發的哲學，也就是「我」的哲學。這個我，牟宗三解釋為「智性直覺」，並輔以海德格的「真誠性」跟尼采講的「意志」、「超人」，因此熊十力師才會說「孤往」，又說「舉頭天外望，無我這般人」。

我到底是誰？意欲何往？在這文學與哲學嚴重失落的年代，找回楊牧與哲學是有必要的，現在科學已證明物質與心靈是並存的，物理學家李嗣涔在愛因斯坦「時空扭曲」無法解釋的「0」上，研究「擾場」（即氣場）的存在，它是心靈的亦是物質的，是量子場，是以扭力存在的第五場，宇宙存在平行時空，因此心物合一，是能驗證的。如果太極為宇宙的象徵，那麼乾坤是交融的力量，它的運動來自氣場，那兩個小圈與旋轉可能是氣（量子）的形貌，以扭力展現。假設宇宙是由一場大爆炸產生，地球是其中的一小碎片，我們又是碎片的碎片，空氣中充滿肉眼看不見的碎片，「我」在其中很渺小，小到如一粒沙，然心靈無比廣大，如阿賴耶識所示，三世十方皆在意識中，在那裡心與物無分別，但我們常為肉眼蒙蔽，不是把我看得過小就是過大，我們如何開啟心靈之眼？更加認識自己，有什麼比這更重要？

東海曾有新儒學的種子，也就認識「我」的哲學，我們需要找回本心，將儒學加入性別、族群與公民意識，以科學的觀點，重新詮釋乾坤、內聖外王、尊王攘夷、君子小人、齊家、治國、平天下……現在年輕人不婚不生，同志不少，孤獨死的很多，如何齊家？主要是「家」的範疇已改變，它是多樣的組合與型態，或是互助團體，去除界限，走向另一種大同世界。在大疫中重讀楊牧與《易經》，一切都有一體兩面，沒有亂世就沒有治世，沒有迷羊就沒有牧者，沒有葉珊就沒有楊牧，一個詩人的誕生，由始生到啟蒙，從需求到既濟，一切都有順序，也有一體兩面，如沒有「屯」卦就沒有「蒙」卦，當人始生，萬事起頭難，因此要一步一步打好基礎，這時需要老師指引，在未受啟蒙時，悲欣交集「乘馬班如，泣血漣如」，因此看不到真相，啟蒙之後，歷經各種疑惑，也包括疑師疑經，但「匪我求童蒙，童蒙求我」，老師不是為滿足你來的，你要自己尋找答案，因為老師如水要澤及眾生，你要先努力才會給你解答，答案不會自己產生。如同沒有「需卦」就沒有「訟卦」，當我們欲望滋生，產生各種需求，其中很多是假需求，因為假需求而忘了真正的我，真正的需求是知道自己需要不那麼多，快樂與智慧才是真需求。而真需求是要付出代價的，付出越多，得到越多，如此才能「利涉大川」，否則只求不勞而獲，就會引來爭訟。人要知道自己，也要懂得如何成為「獨體」，要走到前面沒人後面沒人，如此孤獨往來天地之間。人也要走正門，走正道，不做迷羊，要做牧者，追求真正的榮耀冠冕。

我已經很久沒有走到樹林的深處，或草地的那一邊，越過樹林就有路了，大路通向繁華，小路通向幽獨，那麼就捨大路走小路吧，通過正門，是一條大馬路，那麼就走到大路的對面那條小路。禁足兩個月，所有的計畫已無法計畫，未來亦無未來。唯有在乾旱中連續大雨，花與樹從死裡復活，夜晚蛙聲如狗吠，我知道野草已如海潮高漲，蘭花已盛大開放，樹木因葉過於茂盛而傾斜，枝椏拂面擋住去路，人過樹下需要低頭，如此葉才不落下。我願低頭，因我得走到對面去。

周芬伶

屏東人，政大中文系畢業，東海大學中文研究所碩士，現任教於東海大學中文系。以散文集《花房之歌》榮獲中山文藝獎，《蘭花辭》榮獲首屆台灣文學獎散文金典獎。《花東婦好》獲 2018 年金鼎獎、台北國際書展大獎。作品有散文、小說、文論多種。近著《情典的生成》、《張愛玲課》、《雨客與花客》、《花東婦好》、《濕地》、《北印度書簡》、《紅咖哩黃咖哩》、《龍瑛宗傳》、《散文課》、《創作課》、《美學課》等。

第二幕

迴廊裡的燈光與營火

（悠遊／夢想）

靜靜地散步

宇文正

有一年回東海評審文學獎，會後一行人散步去餐廳吃飯，小路上走著，我想起大二教我們文字學的江舉謙院長說，東海校園裡大部分的路都僅容兩人並肩行走，他說這就是東海的浪漫。

我是被東海的浪漫招來的，高三下讀了司馬中原的《啼明鳥》，那書被譽為台灣版的《未央歌》，寫東海大學工作營社團的故事，東海人的愛情與夢想。書裡說，「大度山上有一種神祕的小鳥，天還沒亮，牠們就在相思林裡唱著，牠們的啼聲比黃鶯還美。」但恐怕沒人真見過這種鳥，牠們只在黎明前啼叫一次，藏匿在樹林深密處。小說裡還反覆提到一個叫「夢谷」的地方，說開學時，校園一張綠色海報上寫著：「歡迎社會系新生，到夢谷，淘淘秋天的夢。」

啊，我要去這個通往夢的入口之地，我要去聽「啼明鳥」的歌聲。我從一場糊塗的功課裡醒覺，振作起來，三個月後吊車尾如願考上東海哲學系。

各種名目的校友會、系學長制、大學長制迎新活動，在陽光草坪、在古堡、在夢谷……喔，還有公墓夜遊，我都參加了，為了印證所有的想像。我在這校園裡轉了又轉，走了又走，走著走著，慢慢養成了一個習慣，每天傍晚，獨自到處去散步。

散步多識於鳥獸草木之名。關於樹木，江院長又說了，東海戀愛有三部曲：相思、苦楝、合歡，東海人從第一屆就傳下了東海人配東海人是「第一等婚姻」的驕傲傳統。不過學長們不是這麼說的，關於東海人配東海人，他們說，東海男女比例懸殊（在一九八〇年代，約是十三比五），所以男生大一是土狗，大二是獵狗，大三有了女朋友，是哈巴狗，大四女朋友變成別人的，就成了瘋狗。

抬頭辨識相思、苦楝、合歡、鳳凰、青楓，松等等大樹，還有會結果實的芒果、荔枝、龍眼，東海的果樹非常熱帶。文學院前有秀氣的小花紫薇、木蓮。東海的木蓮不知是新種不久還是水土的關係，身形清秀，開花只一兩朵，怯生生獨坐枝頭，後來我去洛杉磯念書，南加大成排的木蓮長成參天大樹，連花朵都大得驚人。

有時低著頭巡視花草。記得來到東海的第一夜，吃驚得從床上跳起來，聽見壁虎的叫聲！台北的壁虎從來不會叫。而東海的小野花也有跟台北相異者，路邊常見的藿香薊小花，怎麼到了東海變成紫色，並且花變大了？蹲下細察，是路邊無所不在的藿香薊無誤，只是葉形較尖，有的心形，有的近於三角，而我從小看慣的白花藿香薊葉子是鵝卵形的。「怎麼蹲地上啊？」我哲學系同學L路過，我說：「在台北看到的藿香薊都是白色的，來東海才知道有紫色藿香薊……」L是高分考進企管系，一入學就轉來哲學系的怪咖，也是班上少數真正在念書的，見我明察秋毫，他蹲下來陪我默默看花。我說：「連小野花來東海都變漂亮了。」他想說什麼的樣子又頓住。他不太敢注視女孩子的眼睛。

有天一大群同學散步上別墅吃炒餅，紫花藿香薊沿相思小徑一路領著我們，我跟身旁同學說，「東海的藿香薊是紫色的，在台北看到的都是白色的……」我不知道身旁的同學什麼時候已變成L了，尷尬地收住話頭，不太跟女生視線接觸的L，快速掃過我的臉，低下頭笑說：「妳是不是平常都沒有人跟妳說話？」我竟然收起伶牙俐齒，閉嘴傻笑。

最常散步的路線，是從女生宿舍出發，經過陽光草坪，東大附小，來到東海湖，遠眺牧場，遠方。有時在附小鞦韆架盪盪鞦韆，有時在東美亭小坐，回程可能去方舟逛逛，買點卡片文具。雨天仍打著花傘出門，心裡默默背誦戴望舒的〈雨巷〉，自我感覺很有氣質。

期末考前走這段路，我會去牧場小福（後來變成了頂好超市）補充戰備物資。有回拎著一條吐司從小福出來，遇見資訊系的小哥，他看一眼我手上的食物：「買明天的早餐？」搖頭：「是熬夜點心。」「點心？一條吐司？」「你不知道念書是非常消耗熱量的嗎？」小哥笑瞇了眼，拍拍我的頭：「妹妹真會吃啊！」這個男孩長得太好看，這動作令我不安。小哥是八月生處女座，比我還小一個月，自稱我小哥。曖昧是大學生活一門必修課，小哥與我，四年，把這門學分修好修滿。甜美而悵惘。

東海太大，散步其實不容易遇見熟人。我高中同班同學考上東海共三人，整整四年下來，在校園裡和另兩位同學偶遇的次數，都僅有個位數。遇見L，遇見小哥，遇見在這個場合、那個場合認識的男孩們，都會打亂我遊蕩的步伐。

像是對一隻悶頭行走的螞蟻，手指在牠前行的道路上抹一下，牠會停頓下來，搖頭晃腦，嗅聞，然後轉彎，走走，再繞回原路。

我會持續晃蕩，走更多的路，讓那顆不安的石子慢慢慢慢墜落湖心。在盪漾回波裡反芻。

信箱間常是散步的最後一站。我們四個室友共租一個信箱。大部分同學信箱都不上鎖，因此信箱收納的不只是遠方的郵件包裹，它是東海人心意的驛站。問候的小卡片、關心的小餅乾、酸酸甜甜的知心軟糖，在這裡默默投遞、交換。尤其期中、期末考前，學長姐與學弟妹、學友之間相互打氣祝福，人緣好的，信箱滿出來。我散步歸來，便到信箱間走走，領取卡片糖果點心，我的，室友的。我在家是哥哥的小郵差，在東海，仍然是室友們的信差，我太喜歡走路了，一天差遣我去信箱間三五趟也沒有問題。

西洋哲學史課上，教授講到康德每天規律的散步，當他走出家門，鄰人會出來對錶，教授說，康德的散步，既是紀律的象徵，也是一位大哲學家承擔天命所表現的意志力。坐我身旁的室友怜君嘿嘿竊笑，一下課：「妹呀，妳是有什麼天命？」她們都知道我天天傍晚散步的習慣，有時也陪我走走，但大一的生活太熱鬧了，幾個室友湊在一起散步的機會不多，大部分時候，我寧願一個人走，不必等誰，不必開口聊天。這是一天之中最安靜的獨處時光，我總有過多的情緒需要消化，只想靜靜的走路。

從升學桎梏裡成功脫逃的自由感太迷人，而無處不在的曖昧，早也瀟瀟，晚也瀟瀟。大度山的磁場強大，令我必須每日行走，從散步中調理自己的心。

我不是康德，出門時間不規律，路線也不一定，還常走的一條路線是經過路思義教堂、文理大道，走上相思小徑，到別墅口，經常在一個錄音帶攤子前流連駐足。那個大約三十出頭瘦瘦高高看上去非常文青的老闆，自己轉錄各種音樂在空白錄音帶上，手寫輯名、曲目。那時著作權觀念薄弱，覺得老闆品味甚佳，我有許多古典音樂是他推薦，有時還會買一送一。從他手裡購得的錄音帶排成一排筆跡工整的祕笈，彷彿追隨一位神祕高手悄悄練功。

一年多以後，錄音帶攤老闆已不知所蹤，我中文系室友蓉蓉從一捲巴哈大提琴奏鳴曲卡匣裡抽出一張紙條，是我當時因為不知所措而假裝沒有收到的信箋：「BWV1027是讓人覺得『愛情就是這樣吧』的一首奏鳴曲——送給喜歡巴哈的女孩」。我已想不起是在什麼情景之下收下這捲錄音帶，當日我們有什麼對話？我拿到卡帶好幾個禮拜以後才發現這紙條，跟室友們討論，「什麼老闆？」她們只有吃飯上別墅，根本沒見過這個錄音帶攤。但後來去重考音樂系的室友婷婷倒是笑吟吟肯定：「至少選的音樂很有水準。」而蓉蓉只問一句：「他長什麼樣子？」我說：「高人的樣子。」

巴哈奏鳴曲 1027、1028、1029 是巴哈為一種古大提琴樂器創作的系列，不過我的錄音帶是大提琴與鋼琴對唱，我的耳朵聽來，鋼琴琤瑽似水，大提琴如蝶輕舞。「愛情就是這樣吧？」那時我的心紛亂動盪，時常雀躍，又危機四伏。反而覺得這幾首奏鳴曲是安穩的腳步聲，我之後常常戴上耳機，讓它陪我散步。行行重行行。多年後錄音帶汰換成 CD，我甚至蒐羅各家的演奏版本。

天天散步，鍛鍊我的腳力，在未來能走迢遙的路。然而生命自由有時，坐困有時，巴哈奏鳴曲，不僅僅是我追憶在東海走路的日子，美麗的配樂，也往往能讓我的心，無時無處，靜靜地散步。

宇文正

本名鄭瑜雯，福建林森人，東海大學中文系畢業、美國南加大東亞所碩士，現任《聯合報》副刊組主任。著有短篇小說集《貓的年代》、《台北下雪了》、《幽室裡的愛情》、《台北卡農》、《微鹽年代．微糖年代》；散文集《這是誰家的孩子》、《顛倒夢想》、《我將如何記憶你》、《丁香一樣的顏色》、《那些人住在我心中》、《庖廚食光》、《負劍的少年》、《文字手藝人：一位副刊主編的知見苦樂》；長篇小說《在月光下飛翔》；傳記《永遠的童話——琦君傳》及童書等多種。

推窗，見樹復見林

——兼讀楊牧〈盈盈草木疏〉

楊明

我想日後我一定會想念窗外這一片風景。

辦公室打開門，首先對著一扇窗，遠一點是山，午後陽光明媚，山的背後常有白雲，雲朵的上方是藍天，於是綠色和藍色之間猶如綴了層疊的蕾絲花邊。近處是兩幢灰色老宅，仔細看可以見到深深淺淺的苔痕，遠一點是一棟珊瑚紅的樓房，旁邊呈階梯式的度假酒店，在老宅和酒店之間有一間白色別墅，不同顏色的碧綠樹木分布在房子間，有樹葉遮住房門的，有露台屋頂遮住樹木的，房子和山之間則是一大片海，如果這是一幅畫，那麼海幾乎占了一半的畫布。這一幅畫隨著季節，又有一點不同，暮春的雞蛋花，仲夏的鳳凰花，或嬌柔可愛或豔麗明媚，只是畫中一小隅，卻因為綻放的生命力，發揮了點睛的效果。

站在窗前，端詳著窗外，不是凝視，凝視要更深沉些，端詳則帶著興味，學校在青山公路邊，鄰近咖啡灣海灘，海灘邊蓋起了透天別墅，每棟售價均是過億港幣，那不是我會擁有的資產，但我和他們擁有同樣的窗景。除了眼前這一方，還有圖書館角窗前的沙發座，我常在那看報，啊，被你發現了，我是一個老派的人，網路如此發達，我還是喜歡張著雙手攤開報紙讀著上面的消息，不時放下看看窗外的海。珠海學院圖書館寬敞明亮，環繞 L 型窗景，湛藍的海鑲入窗框，可以看見海對岸機場飛機起落。

東海的圖書館則是另一種幽靜。

初入東海時，圖書館在文理大道旁，和文學院一樣是唐式建築，老建築舊書頁的氣息，進門後右手邊幾座如中藥房滿是小抽屜藥櫃的目錄索引，拉開是密密記錄查索書籍的卡片，沒有電腦檢索的圖書館完全是另一種氣氛，如何翻揀卡片也是我們學習的一部分。珠海的圖書館也有這樣的木櫃，一格一格小抽屜，約莫是當成歷史文物展示。後來東海蓋起了新的圖書館，面積更大，可以容納更多的人和書，我的大學生活後期便移轉至新圖書館，嶄新的桌椅，窗外蟬鳴依舊，陽光如昔滲入，氛圍卻不一樣了。

珠海圖書館一隅的目錄檢索木櫃不覺讓我想起東海，兩所學校都在山海間，只是一所離海近些，一所遠些（香港珠海學院中文系與東海大學中文系多年來關係友好密切，除了邀請東海中文系老師至珠海講學，亦安排學生至東海參觀交流）。

大度山上的樹

還有黃槐，從台中搭乘二十二路公車，或是仁友三十八路，沿著中港路往東海，路邊是一棵接一棵盛放的黃槐，那時公車過五權路感覺就是出市區了，一路往大度山駛去，沒有新光三越大遠百，沒有科博館崇光百貨，習慣說中港路的是老台中人。如今置身香港咖啡灣，端詳窗景並不只一次拿出手機拍攝，甚至發到臉書上的我，心裡遙遙想起中港路邊的黃槐，那時還沒有手機，如果那是一個有臉書的年代，在往學校的路上，拍下黃槐發文的我，會說些什麼呢？

讀著楊牧的詩作〈盈盈草木疏〉：「後院一棵老樹，垂垂金陽的／果實報知秋深秋天深矣／時常，你坐在長窗前寫信／寫長長的信，忽聽得／破突一聲果實落地如句點／深秋的午後充斥著林檎成熟的／聲音，推門出去瞧瞧數數／草地上有多少跌落的蘋果／信紙上就有多少圈圈句點／還有，飄零的葉子是逗點」。讀著，心裡浮現起大度山，雖然楊牧寫的並不是東海。北國的陽光北國的秋日，自然不同於南方島嶼，溫煦的台中大度山，每逢冬季卻得迎接從台中港長驅直入的東北季風，也許還攜帶著海上的鹽，一波波捲起上岸又回返的潮浪，在氤氳曝曬中蒸發出細小的粒狀結晶，隨風落在大度山林間，閃耀出山海間的風致。

我總愛和學生說起東海的校園，漂亮的文理大道，樹一直往前延伸，踏上階梯，一邊是文學院，一邊是理學院，再往下有商學院和工學院，寬闊的草坪和石板組合成文理大道，樹蔭緜連，在綠的天綠的地之間，木與石為伴，建成唐式風格的校舍，置身其間的我們是幸福的，這樣的二十歲，在往後的歲月裡都值得驕傲。小時候電視上播出過一套卡通片《小甜甜》，故事中有一位山丘上的王子，有一回遇到一位中興大學的學生，他說那似乎就是形容大度山上的學生。山丘上的王子守護著小甜甜，曾經在大度山上生活過的我們，也在往後的日子裡守護著曾經勇敢追求的夢想。

還在讀小學的時候，爸爸媽媽帶我到東海玩，拍了幾張照片，爸媽說如果將來能讀東海很好，想來是學校在台中，希望我離家近些，另方面東海的人文氣質極佳，清風明月都要美些。後來我真的如願進了東海，如今回想起來，那似乎是我過得最精緻的幾年，固然年輕女孩眼中的自己往往需要被珍視，被好好對待，但和學校美麗的環境也脫不了關係，置身精緻氛圍裡，舉手投足自然講究起來。

羊蹄甲開啟粉紅色蝴蝶般的花，腳踩粉紅色低跟鞋，綴著的蝴蝶隨著步伐起落，跳躍出青春姿態。教室裡，薛順雄老師講樂府詩，「有所思，乃在大海南。何用問遺君？雙珠玳瑁簪，用玉紹繚之。聞君有他心，拉雜摧燒之。摧燒之，當風揚其灰。從今以往，勿復相思！相思與君絕。」薛老師邊講邊寫黑板，十分投入，中國古典文學裡女子敢愛敢恨的形象植入我心，閨閣裡的溫柔秀雅也可以提得起放得下，既然所思之人已有他心，那便勿復相思！

教室裡上課，窗外相思樹林裡有個男孩拿著相機拍照，相機上的長鏡頭可以清楚拍下教室裡上課的身影，是拍誰呢？我猜想著，中文系女孩多於男孩，可能是 R，瘦高的 R 面貌姣好，芭蕾舞般的姿態，讓人讚嘆；或許是 C，一雙靈活大眼睛，身形玲瓏，美麗且有個性；也可能是 Z，典雅的面容，氣質端莊，她在中文系的舞台劇演出《人面桃花》時，想來有人為她著迷。唐人孟棨《本事詩》和宋代《太平廣記》中記載了一首詩：「去年今日此門中，人面桃花相映紅。人面不知何處去，桃花依舊笑春風。」相傳是崔護到長安參加進士考試落第後，在長安南郊偶遇一美麗少女，次年清明節重訪此女不遇，於是題寫此詩。然而這故事雖然吸引人，其真實性卻難以得到其他史料的印證。中文週時，同學將故事改編為舞台劇，Z 出演故事裡的少女，多年後，Z 竟然在春天裡驟逝，同學傳來消息，我整晚腦中就是這幾句詩，人面不知何處去，桃花依舊笑春風。

我們永遠不知道接下來人生裡會發生什麼，也沒法明白冥冥中未知的力量如此安排時的用意。

從參差荇菜到春氣奮發

〈盈盈草木疏〉是楊牧寫於一九八〇年的西雅圖，那時我尚未進入東海就讀，後來讀到此詩時，則已經從東海畢業，標題點名此詩組獻給妻子盈盈，寫的是植物，也是充滿愛情的植物。詩中以林檎（蘋果的日文）和落葉為信中的標點符號，似酒秋陽朗朗潑灑字裡行間，植物的安靜與秀茂不論姿態氣息顏色都吸引人，視覺嗅覺觸覺外，風過處枝葉颯颯聲，也是聽覺裡的靜謐，風吹過樹葉花瓣的聲音，是屬於山中歲月的沉寂。

江舉遷老師講《詩經》：「參差荇菜，左右流之。窈窕淑女，寤寐求之。」江老師上課準時，還曾言明遲到了就別進教室，不像教《楚辭》的王建生老師，見同學們遲到，就故意吟幾句〈大招〉裡的句子：「青春受謝，白日昭只。春氣奮發，萬物遽只。」嘲諷一下學生賴床。後來我當了老師，也總會遇到遲到的學生，想起以前在東海當學生的歲月，便也釋然，青春如斯，原是成長歲月裡的靜好。那時江老師血壓高，他常提起畢業學生寄給他的甜菊，上課時他不忘沖泡菊花茶端來置於講桌，離校學生對老師的記掛，也是老師的安慰。如楊牧詩中說山楂是來年「孩子們喧嘩攀登如新葉」，山楂，除了可製冰糖葫蘆，且有降低血脂的效果，烹煮酸甜可口的酸梅湯少不了它，鮮豔的紅色，清酸的馨香，長在樹上的青春終將經歲月晾曬乾，得以留存。

大度山上讓我印象最深的是相思樹，自春入夏，開起小小黃色如毛球的花朵，香港亦常見，每見總要想起東海，山上的負笈歲月，相思樹下的沉吟與憧憬。還有冬天的風，那風強而有力，從海邊長驅直入，一路至山上，為我們典雅的生活增添了些許蒼茫彪悍，不至於浪漫耽美以致失了志氣。後來在周芬伶老師的〈創作課〉一文中見她寫道：「五年級的楊明、宇文正，很早就出道，較像朋友……她們自成一格，在學運世代中，似乎是尷尬一族，繼承的文學是傳統的，面對的是開放的年代，前後不搭，他們大都很壓抑，有熱情但茫然失措，怕犯錯誤，保守而內向，走的路較辛苦。」周芬伶老師寫這篇文章時，提及林燿德、袁哲生、黃國峻、邱妙津已經不在了，如今朱我芯和戴文采也先後離世，而我卻是在讀過此文後又經數載，才意識到自己身處的尷尬，芬伶老師說我們繼承的文學是傳統的，面對的是開放的年代，過去我以為尋常，讀著唐詩宋詞，我的國度是「千里共嬋娟」的溫柔與美好，即使有「今宵酒醒何處」的淒涼悲愴，有「不思量自難忘」的酸楚滄桑，但依然力求雋永，不願放棄堅持。

初入職場時，即使忙碌，對於日常仍是力求精緻，細選過烘焙合宜的曼特寧咖啡豆，晴日的茉莉香片，雨季的桂花香片，色澤鮮豔味道酸甜的果酪，案頭瓶插的白玫瑰紫桔梗，興致勃勃安置生活裡的細節也要精緻美麗，生活是何時逐漸趨向粗疏潦草？竟難以說明，若只以生活繁瑣為由，也明白其實是藉口。每思及東海的幾年，精神生活細緻美好，物質雖不富裕卻也有精妙講究，校園社團活動創意精彩的海報，如今已遷移的東海老郵局信箱裡同學的祝福卡片，牧場的黃昏落日，東海湖畔遠眺台中璀璨夜景，生日時同學親手做的燈籠，不知不覺串起悅好日常，美感原就是藏在生活細節裡。

記憶如紫荊展翅

楊牧的詩句：「窗外是一幅年輪的版畫／窗裡也是。蒼勁的盛夏／斜陽曾經裡外應合，戲弄／枝枒和細葉的影，任憑／生長的意志綢繆交疊」。詩描寫的是山毛櫸，在環境資訊中心看到一份資料，提及台灣水青岡，又稱台灣山毛櫸，推測至少在四十萬年前已經來到台灣，一萬多年前結束的冰河期，地球變暖冰河消退，分布各地的水青岡紛紛遷移，如今多分布在北緯三十三度至四十五度之間，最北在緯度近六十度的挪威也可見到。而冰河時期台灣曾經是水青岡的庇護所，待冰河期結束後該植株移往海拔較高的地方，在山頭附近稜線上，原來植物不但知道趨暖避寒，還能族群遷徙。我想像著年輪和窗景，沒有冰河期的浩漠，而是暖洋洋的地毯與沙發，有暈黃的檯燈和氣味芳香的熱茶，在〈《海岸七疊》詩餘〉，楊牧提到：「北西北是多樹木花卉的地方，盈盈不懂草木的名字，我仍為她寫〈盈盈草木疏〉一輯十四首；又為了增加她的印象，從各種書籍裡剪來草木的圖片，一併發表。」單看這段文字，也是寧靜家居的美好日常，可貴便在「日常」二字，得以寵辱不驚。

客居香港的歲月，紫荊花是日常風景，粉紅、紫紅最常見，也有如雪潔白的，綻放枝頭的花形態如停落的蝶，彷彿隨時可能展翅飛翔。每見紫荊總覺安心，因為熟悉，如見昔時大度山春天綻放的羊蹄甲。雖然看過一些記錄植物的資料解說羊蹄甲與紫荊的區別，但那是植物學的領域，於我，這是風景，是記憶，串起三十年光陰，連上七百公里空間。我們眼見人類和動物的移動，忽略植物的遷徙，種子給了植株行至別處的可能，故鄉的異鄉的樹木花草沉入記憶，《詩經》裡的荇菜，《楚辭》裡的蕙芷，崔護的桃花，楊牧的北西北草木，文學裡的狂花滿樹，從來是我窗外永遠的風景。

楊

明

東海大學中文系畢業，佛光大學文學碩士，曾於台灣傳媒從事編採工作多年。後赴四川大學獲文學博士學位，曾客居杭州講學，現任教於香港珠海學院中文系。擅長以文字探討世事人情，在行走遊逛間觀察揣想，所思所感見諸於筆端細膩深刻，篇篇故事蘊涵真情。
著有《城市邊上小生活》、《路過的味道》、《夢著醒著》、《酸甜江南》、《別人的愛情怎麼開始》、《松鼠的記憶》等散文、小說作品四十餘種。

在東海讀葉珊，或者楊牧

徐國能

1

十八歲適合遠行，到心中美麗的地方。

我在台北成長，像一顆強力運作的CPU，台北城終日發熱，勞碌不停。細觀其日常，匆忙、確實且非常嚴肅，少有大型空間是政治味濃厚的總統府前廣場、國父紀念館或中正紀念堂，這些整齊雄偉、方方塊塊的僵硬感，卻試圖融入傳統建築的思維，讓走在其中總有一些警覺與不安，水泥實地，樹木和草地只是點綴，越加使人覺得壓迫。在台北，美麗的公園是植物園，扶疏掩映、紅牆綠柳，夏天的荷花冬天的寒意，好像是一個自成四季的寧靜世界。可惜它實在太小了，只能朝歷史的縱深發展，在歷史博物館遙想公瑾當年，那是我醉心的童年。

於是我想遠行，初到東海，是上大學前的成功嶺集訓，當中有一個活動是行軍到東海，清晨出發，大約六、七點抵達，吃完大鍋熱粥後再走回軍營。我來時訝異那綿延不盡的紅磚牆，這是多大的校園啊，但那磚牆卻老得十分有味道，彷彿並不是一種隔絕，而是一種懷舊的裝飾，野草蔓生，青苔零落，老磚閒暇，何等自在。然後我便愛慕那廣大的草坪，蓊鬱的大樹，掩映於其間的奇妙建築，石板小徑蜿蜒，滿院蟬噪中我想丟下槍枝，就和班長說我要在此一生讀書寫詩，不和你們回去了。我想遠離戰爭、槍砲和無意義的規律，在青草和牆院中當一個無拘無束的詩人學徒。

回程的路上，走過東海別墅，清晨中一切尚處寧靜，世界彷彿還沒有睡醒，街上幾乎沒有人行，只有我們靴行整齊的腳步，那些店面櫥窗，那種潦草隨意的生活質感，當時我還不知道「波希米亞」是什麼意思，但我越加期待趕緊結束這無聊的軍事集訓，展開大學的新生活。

十月來臨，我讀歷史系，文學院的草坪絨綠，木廊低簷，窗戶明淨，樸實之中彷彿走入中唐。住在十九宿舍，每天吃一次自助餐，上英文、讀歷史，古希臘人的名字為什麼都那麼長呢？每到新月升起，晚涼悠哉，台中這陌生的城市用熟悉的意象告訴異鄉人它的清寂，我在社團活動裡覺得快樂且自由，大學並不強迫你非學什麼不可，一切都有微妙的彈性和一點點苟且，寬容了人性的真實，營造心靈的舒適感，腳步得以悠閒，心思放空，無所畏懼，小小的我屬於極大的世界；而無邊世界，又何嘗不在我的一念之間？

我在東海有了人生第一輛機車，我在日後，總是想起它的緩慢。

先是好友卷毛載我去成功嶺方向的監理所考了駕照，然後我花了幾千塊買了陳舊的二手車，車速不能太快，距離無法太遠，否則它一陣哮喘便沒氣了，要推去黑店給老闆維修。但這並不影響我拓展生活圈的壯志，騎上慢慢的小綿羊，風雨陽光，生命太耀眼甜美，有時候我幾乎相信，在東海的第一年，可能是我人生裡最快樂的時光，之前固不消說；之後，也許人生會有更燦爛的日子，但絕對比不上十八歲時第一次沿著中港路滑下山坡，青春正好，大城隱然在望，沒有目的之中，心裡充滿的狂喜之感。

2

二〇二一年，五月。

我正在練習〈瓶中稿〉的朗讀，為了幾週後，楊牧作品跨界展演的活動。

我配合鋼琴的情韻，讀著：

這時日落的方向是西
越過眼前的柏樹。潮水
此岸。但知每一片波浪
都從花蓮開始——那時
也曾驚問過遠方
不知有沒有一個海岸？
如今那彼岸此岸，唯有

飄零的星光

隨著楊牧的文字，我沒有回到面朝太平洋、謠傳海嘯的花蓮，卻彷彿回到東海，燠熱黃昏時走廊吹來的涼風，夜晚樹濤搖曳，燈火點點，印象如此鮮明，我像一粒極小的芥子，容納於不知邊際何在的須彌山中。那時我讀《葉珊散文集》，不知為何，他的文字當年不曾為課本收編，我對他非常陌生，但才讀了幾行，我便感到彼此間親切熟悉，他幾乎寫出了我的心事：「……有時臨風而立，我就覺得落拓了，萬物都如雲煙，把握不住，也更不必為他們傷神」，我在圖書館迴廊的石椅上抬起目光，前方碧綠的樟樹，遠天浮雲，是啊，把握不住，但我，和這一切的美，又該何去何從？「你還埋怨什麼呢？樹葉低語問我，埋怨什麼？我什麼都不埋怨——」是啊！東海無可埋怨，唯有孤獨，孤獨時，心裡似乎有一個聲音，緩緩和我對話：「少年愚騃我一心尋覓神與鬼，快步穿越許多傾聽的屋室，窟穴，廢墟，以及星輝的樹林……」走在東海，我心如此，只聽他與我低聲密談：「而我沉溺思索著人生、命運……」

大二時我轉到了中文系，同時搬出宿舍，在東海別墅租了小小的套房。上課時，沿著相思林而下；下了課，步伐可以緩慢，先逛進圖書館，東看西看，也沒有特別要讀的書，待暮色降臨，到新興路上的如意水餃喝一碗玉米湯，或是在一弄、二弄、三弄的巷子底找點吃的。回到宿舍百無聊賴，邀約卷毛一起看中華職棒。晚上餓了，夏天去「大西洋」買杯綠豆沙牛奶；冬天有小貨車在賣「香港正常鮮肉小籠湯包」，名字古怪，但並不難吃，誰在乎他是用什麼做的呢。漫漫長夜，彼時沒有電腦網路，沒有手機筆電，我在書桌前攤開綠色的六百字稿紙，拿著原子筆，遲遲不能落筆，一如電影《郵差》裡的馬利歐，窗前月光清亮，對著攤開的筆記本，想寫些什麼，卻不知該寫些什麼。

這時我便重讀葉珊：「美麗的夏夜，螢火在河邊翻飛，流水湍急，楊柳又長又綠。站在橋上，看燈光拉長成幾十條破碎的帶子，看一顆流星滑下，不知不覺就回到了孩提……」

3

上個月，我到台中找了好友李崇建，他現在是薩提爾諮商專家了，幫助了很多青少年。他在遊園路那邊買了房子，裝潢布置甚是清雅，一如他目前的生活，給人寬闊自在的感覺。當天小說家甘耀明也正好來玩，他這幾年一直深刻經營長篇小說的寫作藝術，寫作對他來說似乎是一種苦行，他的近作《成為真正的人》，我發現幾乎還保持當年那種非常純淨的心，天真之中卻蘊含著悲哀。坐在崇建家大木桌旁喝茶亂聊，歲月倏忽回到從前，他們都是我上一屆的學長，偶爾大家混在一起談文學，研究「聯合文學新人獎」的評審過程和得獎作品的優劣，那可是年度大事，我們那時的夢想就是獲得文學獎後成為作家，可以隨心所欲地寫自己理想的文學。

傍晚時大家走在國際街上，情景依稀當年。那些舊色的民房如此平凡恬淡，偶爾傳來電視的聲音。東海的歲月，暗示我人生要有一點藝術或精神上的追求，然而所有的追求，最後不是要總歸於這樣的平淡嗎？

在國際街上，我想起在東海，才認識了咖啡和寫作這兩件事。

之前只喝過即溶咖啡和罐裝飲料，那時剛剛出現「拿鐵」這個名詞，我心目中最好的咖啡館「十五巷咖啡」當時還稱這種飲品為「法式奶泡」，裝在一個錐形的玻璃杯裡，顏色分為乳白、淺褐與深褐三層。十五巷咖啡有木質地板，進去還要換上紙拖鞋，我著迷於那些精巧的瓷器，窗邊正好的陽光，還有幾幅油畫，一位茫然的女子背後是紅綠燈，大家都說他是在畫那首歌嗎？愛情的青紅燈！

國際街一帶更是精緻而不失純樸，古典玫瑰園播名至今，當時幾家小店，墨利斯的情人、紅磚橋、柏拉圖、翡冷翠，聽聽名字就感覺那是一種充滿人文色彩的追求，我終日流連，談天、看書，假裝在寫作，非常滿意於自己的遺世獨立。

這樣的日子，還是讀楊牧，就著午後的雷雨，讀〈有人問我公理與正義的問題〉，未料多年後，騷動的世代也就著手機微光在讀這首長詩；或是在蕭瑟的靜夜，翻翻〈流螢〉這樣的句子：

這橘花香的村子合當
焚落；煙霧要繞著古井
直到蛙鳴催響。我們從
灰燼上甦醒

鳥逸入雲。寂
靜
我的白骨已風化成缺磷的窘態
雨前雨後，卻也
十分憂鬱十分想家。這時
總有一點螢火從廢園舊樓處流來
輕巧地，羞怯地
是我仇家的
獨生女吧，我誤殺的妻

楊牧給了我一個很大的啟發，抒情和敘事密不可分，敘事的間斷處，就是抒情的空間，任何斷點之前，都要營造情緒和氣氛，否則敘述都屬枉然。他那：「是路、是歌、是淚。是子夜的彳亍，是凌晨的濃霜」在感情和文字上都影響至今。

我有許多奇怪的念頭，自以為是的發現，但我無法處理它們，就像不知如何處理自己的當下，或未來。

每年九月開學選課，生活步入常軌，每個星期三晚上一個人到中正堂看一部學生會放的電影，許多美麗的女生與瀟灑的男生幸福洋溢，而我在黑暗中，開始對電影入迷，我想那是文學更具體的實踐。沒想到多年過去，當年流行的奇士勞斯基，這兩年又開始打動當代文青，中年如我這才理解，原來年輕是一種症狀，需要相同的心靈解藥。過了秋天，便是騷動的聖誕節；淒清的寒假來臨，暫別宿舍，然後就是慵懶的下學期。年年陌上生秋草，日日樓中到夕陽，東海的石板路綿延有盡，鳳凰花歲歲豔紅，忽然我已走到了即將畢業的時刻，我不知該何去何從，在東海的大學之夢太短，我深深覺得自己過於揮霍，什麼東西都沒學會。

4

But love me for love's sake, that evermore
Thou mayst love on, through love's eternity.

《葉珊散文集》裡我最常讀的，是〈又是風起的時候了〉，他說：

你慢慢理解了，幸福並不是永遠常駐的，原來也有這麼一天，我必須離開這個我熟悉的山頭……離開東海，我要去哪裡？……你要離開了東海，才知道世界原來並不是那麼美好的，也不知道，世界原來比東海美好！在無意中，你會經過許多書本上忽略過的篇章，你會長大，甚至蒼老，而且變得冷酷。我覺得自己已經慢慢冷酷起來了，從童年一下跳到中年。

每一次讀到這些段落，心頭湧滿回憶。二〇〇〇年六月，我在東海路思義教堂完成婚禮，敲響鐘聲的那天，忽晴忽雨中我好像回到了二十歲時所讀的散文中，喜悅與憂傷、緬懷和期待、非常抒情又非常感謝。

我和她共度了很多浪漫的東海歲月，一起上課時的諸多趣事，漫步在廣大而翠綠的校園中，愛情是雨後草尖的水滴，也是瓷杯裡英國紅茶將涼未涼時的餘韻。愛情將我們帶往更遼闊的世界，但最終我們還要回到小小的教堂來見證這一切。當時我不知人生有那麼多的艱苦，我以為寫出文字，博得聲名，有了愛，人生就可以圓滿幸福，我以為東海的草地永遠為我而綠，隨時可以在其中尋夢，人間便無煩惱。

但一首歲月的歌，如何能永恆悠揚？

我離開東海後，總是想念那些往事，悲傷的時候、孤獨的時候，但總是非常凌亂。有時在臉書上看到過去同學的動態，感到大家都十分幸福，似乎不必再去多按一個讚？有時老同學會分享東海近來的動態，研究所上課的V大樓拆除重建，好可惜啊，那麼有特色的兩層樓房和廣場，雖然實用性非常低；女生宿舍前的小小郵局也要撤除了，好可惜啊，當年大一時還租過信箱，期中考時學姐會將鼓勵的卡片和糖果放在信箱裡，如今我們該把這種樸素的溫馨安置何處呢？最讓人神傷的，是故人的逝去，幾位老師、助教先後謝世，翻開有些舊書，裡面還夾著當年他們手寫的考試題目，對卷怔忡，我不知道這些題目的答案，亦不知道人與人之間，為何緣分如此短暫？而楊牧在我心中永恆駐留，預言我庸俗的一生：

我們都悽惶地奔走於公侯的院宅

所以我封了劍，束了髮，誦詩三百
儼然一能言善道的儒者了

近年重回東海，大都來去匆匆，我也為文學院寫詩，緬懷曾經孟浪過的自己，但我已經是世故的中年人了，太多心事，使我無法真誠；而衰遲的步履，總讓我訝異大度山的坡度怎麼這麼陡峭？

「幸福並不是永遠常駐的」，東海晨昏如此深邃，繁華的世界與之相較不值一提，但我二十年來卻迷失在虛幻的蜃樓和幢幢的人影中，當年那個坐在圖書館窗邊，望著大台中煙塵隱約的市容而有千萬感慨的我已不復追求什麼，詩人說：

我的悼祭者流落在外地
有的打鐵，有的賣藥

我在江湖上打鐵賣藥，隨波浮沉，幾乎忘了生命曾有那麼廣闊的自由，那麼多的愛與夢想。但我卻永遠記得那個瘦弱單薄、滿懷心事的青年，一個人走在文理大道上，世界在那一刻並沒有什麼特別，或只是暮色，自他的肩膀輕輕落下。

徐國能

1973 年生於台北市，東海大學畢業，台灣師大文學博士，現任職於台灣師大國文系。曾獲聯合報文學獎、時報文學獎、教育部文藝創作獎、台灣文學獎、全國學生文學獎、全國大專學生文學獎、聯合報讀書人最佳書獎等。
著有散文集《第九味》、《煮字為藥》、《綠櫻桃》、《詩人不在，去抽菸了》。

第三幕

三月雨後的苦楝飄零

（茫然／徬徨）

青春大度山

甘耀明

生命中總有奇特日子，這是我的十九歲，在大度山。

背著幾冊書，徬徨與黯無笑容的我，循著火車的喃喃軌聲南下，來到距離家不遠的台中。然而，離家就是遠行了，徬徨了就是陌生之城。我錯過了新生接駁車，開始像旅人一樣尋找方向，自行搭公車上山。目光向外，這城流光滿溢，輕輕晃晃，街景新鮮，這對鄉間少年的我來說充滿魅力。車前行，順著當時稱為中正路與中港路的台灣大道前進，長路後緩緩上坡，終於見到那長長紅磚牆，東海到了，那徬徨的未來……

如果沒有遇見東海，我的生命不會發光。然而我不知道如何發光，甚至覺得那不會發生在我身上，然日子在這座山伊始。

東海規定一年級新生住校。我住進第十一棟的「白宮」宿舍，位在男舍西南區，比起其他幽幽長廊的舊宿區，那是髹上白漆的三樓水泥房，嶄新，有嵌牆式床鋪，據說是東海建築系設計。這裡很多是新的，包括傳說，無垠的沉鬱相思樹林，蔭藏著名的女鬼橋，鬼祟氣氛隨著大度山常有的霧氣飄灌，但我從來沒有親眼看過女鬼。此時的我，不會知道，這傳說會在往後的夜深人靜時刻飄入我的小說世界，成了短篇的〈月光迴旋曲〉。

開學不久，一位穿吊嘎背心、蹭著拖鞋的大三學長，來宿舍串門子。他草根氣息重，說話和善，帶點台腔，偶爾用指頭當筆在桌面寫字強調。他問這些初出茅廬的中文系學弟，進大學要幹麼？有什麼夢想？

「我每天練書法六小時以上。」

「哇！太猛了。」不少人發出讚嘆。

這位苦練書法的學長，叫陳世憲，他進大學後決定成為書法家，一天苦練數小時，求教於建築師、書法家陳其寬老師門下。陳老師是中文系的書法授課教師，由陳世憲擔任課堂助教，他一桌一桌巡過去，指導技巧。陳世憲的名片以小楷涓細書寫，字字雅致，充滿文藝氣息。他當完兵，將台南白河的豬寮改建成工作室，每日苦練十八小時，不知寫禿幾支筆。因緣際會，我後來曾拜訪與居住那間工作室，那時的世憲學長，漸漸寫出風格，在書法界闖出名號。

進大學要幹麼？大哉問。

世憲學長的提問，當時令人琢磨。我想，以中文系職場走向，未來幾乎是當老師。我們這一班男生，未必會走這條老路。他們在大一時，已是各憑本事，讓人印象深刻了！對比我的氣弱，他們反而有種少年心事當拏雲。

比如說，陳智德來自香港，古典吉他彈得嚇嚇叫，弦琴與指頭配合得行雲流水，我跟他學了幾次就放棄。智德的現代詩更是了得，不只得到校內大獎，到了大三入選聯合報文學獎新詩決選；他還把楊牧的詩介紹給大家，用廣東話鏗鏘朗讀〈有人問我公理與正義的問題〉的餘音仍在大家腦海繚繞。陳慶元是學霸，他在中正廟的新生訓練會場，捧著瘂弦編的《如何測量水溝的寬度》，這看似理工科讀本，實則是瀰漫後設與後現代小說文本，我得幾年後才會開始研讀精髓。另外有個人年紀大我幾歲，重考三年，電燙個鬈髮，臉膛掛著伶牙利嘴，他大學志願都填中文系，飽讀詩書，卻常去夜店打工賺學費，這位後來成為小說家與對話大師的李崇建，是我文學之路的摯友。還有這個人、那個人，或誰誰誰，看起來都有兩把刷子，他們都是有備而來。

我呢？我來中文系的動念不強，也沒有強烈興趣，考大學是旅鼠效應擠進窄門就是光芒四射的大學士。到底窄門後頭，是何番天地，我摸不著頭緒，也不認為自己有方向感能找到。我對大學課業不太在乎，只求過關；最常出席的是打籃球活動，這倒為往後攢了點身體本錢。還有個地方也經常流連，那是東海別墅的電玩店，上個世紀的九〇年代初，沒有網路PPT、BBS，遑論現代學生沉溺的網路電競世界，當時想要打電玩得到電玩店玩機台，投五元硬

陳慶元（左三）、甘耀明（左四）、陳智德（右二）、李崇建（右三）等人聚會。

幣，能打上一局遊戲。小說家駱以軍成名作〈降生十二星座〉的遊戲「快打旋風」，大抵描繪那樣時代氣氛。

大一的我，萌生轉系想法，到國貿系、企管系或公行系都好，這是對未來出路感到茫然，踟躕不知。此際，有人改變我的命運，他是甘漢銓老師，在我黯淡的命運中劃出了一道隱隱亮光。中文系的大一國文以學號單雙拆成了兩班，砥礪專業。甘老師是我的大一國文老師，也是導師，上課有條不紊，引經據典，有些溫然而堅定的嚴肅，令人印象深刻。國文課堂，老師刻意磨練我們的筆，得自行命題寫作。我花一個月寫就〈夢迴梓里〉，累積成一疊十幾張六百字稿紙，內容關於在家鄉獅潭幼年成長的點滴與鄉野傳奇。落筆而下，寫來有感而發，一字一字湧然而出，全然是生命中曾有的觸動，逆光、幽微或流影細沫。寫著寫著，終究憶起我是中文系學生，心想，來到中文系總得寫些東西，以文字定錨，不要隨時光沉淪。

文章發還後，我驚訝不已。當初繳交稿紙，隨意摺放堆疊，甘老師整理妥當交付，並給了破表的「甲上上」分數。我被老師認同了。老師告訴我，不留在中文系，可惜了！留下來吧！可以嘗試現代文學創作。這番話，擦去我的徬徨，原來我可以在中文系努力寫。而此事，由老師說了，我才感受到，原來自己是喜歡寫的。我篤定留在系上，朝著現代文學創作之路，摸索前進，自此顛顛簸簸、崎嶇不平的道路，皆是歡喜做、甘願受了。

中文系著重古典文學，課程內容是倒金字塔時代方式分布，著重在上古與中古文學，越靠近的現代文學，開課越少。大一的現代詩課程對我而言，是震撼教育，沈志方老師交付不少閱讀書單，有些我咀嚼反芻多次，未得其意，較諸古典詩更難解讀，但是大量閱讀使我對現代詩有更多認知，語法受到影響。鍾慧玲老師的現代散文、周芬伶老師的現代小說與許建崑老師的兒童文學，都是安排在大二之後，芬伶老師的小說書目增廣我的小說深度，自由討論的形式，使我受益良多。

有志於現代文學創作，我從圖書館借了書籍閱讀，讀多讀少，唯有自己動手寫才知道渡河之深淺。這是擱淺困頓的開始，但所有的船不都是這樣，始得迎向蔚藍大海嗎？我永遠記得大一升大二的暑假，我的書桌上堆著小說集、文學雜誌與報章副刊，爬梳治理，或囫圇吞噬，如果找不到敲門磚，就算硬闖也能得到一些工夫。那些日子，我寫了幾篇小說，粗糙、粗糲、粗爛的模仿，但起心動念都是想要寫好。我將其中較完整的兩篇小說，〈掙脫〉投遞系上夔鳳文學獎，〈凝固的海浪〉參與校內文學獎，非常幸運，分別得到首獎與第二名。這結果令我受寵若驚。

我以為，自此覓得小舟，優游於千山萬水的文字世界，但是擱淺居多，而且時時困頓居多。得到兩個文學獎甜頭，虛榮令我驚喜，但是接下來的書寫，令我筆頭有如千斤重，寫不出東西。我後來思量，初始動筆，也許遇到好題材，手感較好，矇到了，胡亂個拳腳功夫也能虎虎生風，但是續航力弱化，使接續的創作完全陷在爛泥中，顛躓難行，然後有種感覺，好運快用光了。

寫作不能靠好運支撐，得有技術與歷練當後盾，一個成熟的小說寫手需要十年以上歷練，悖離那句「出名要趁早」的魔咒。這不是亂緒，根本不是問題，但是年輕時亟待解決這瓶頸。小說得了文學獎，我仍在散文、現代詩琢磨，盼覓得一個強項文類，那時我的案桌，總是擺放楊牧作品，相較於他的現代詩，散文的花火與靈犀更能通透我少年的心，《葉珊散文集》、《搜索者》、《山風海雨》，甚至詩作《海岸七疊》的長篇序文，我寧靜閱讀，反芻咀嚼，饒有新韻。當時楊牧書寫的閃閃發光的東海夢谷已不復存在，「去夢谷，走過沿溪的小路，回頭還看見圖書館三樓的燈光，瓦際還響著青春的華格納」，而青春的文字仍浮光躍金；《山風海雨》瀰漫他年幼在美軍轟炸的緊繃氣氛下，疏開到花蓮玉里山區所見所聞，「滾滾的大水在山坡下呼吼，浩浩蕩蕩向野煙和雨霧裡流逝」，複印我童年的山野經驗。楊牧語言，是我最初文字的潤泉，總有叮叮噹噹雨聲，或火車爬行縱谷的尖銳氣笛聲，永不停歇。

我持續寫詩、散文與小說，摸索最佳文類，一個寫手不可能三棲，連魚與熊掌兼得都難，只能擇一深化。寫散文如拿解剖刀，示眾展示自我內在；現代詩得用吉光片羽的靈妙語言，刻畫情狀。上述兩者我都做不到，小說成了我最想堅持的道路，那樣困在人間煙火才有著落的故事牽掛，牽動我持續往虛構世界前行。

面臨畢業逼近，同學已經修好教育學程課程或準備研究所課業，不是去當老師，就是升學。我選擇攻讀中文研究所，實則虛掩我繼續創作的決心，但哪有真心讀書，在圖書館翻開磚頭厚的中國文學史，讀沒幾行，眼皮也沉甸甸了，又跑去找自己有興趣的小說資料，那年代沒有四通八達的網路，建立小說背景得埋頭在圖書館找。想當然耳，考不上研究所。

當時跟創作有關的研究所，只有在北部某間藝術學校，雖然跟小說創作沒有相關，至少讓我棲身。我申請大學延畢，苦讀去考。這年我的創作氣氛有了些變化，一來加入東海近郊國際街（後改為藝術街）的「頑石劇團」，負責劇本創作與演員；二來創立《距離》雜誌。先說說第一項，參加劇團是為了迎合研究所考試，累積寫劇本實力，無意間創造我生命中一段奇特記憶。由郎亞玲老師創辦的頑石劇團，團址設在那條沿著小斜坡而建的藝術坊，路樹黃脈刺桐遮蔭，初春妝點蝶形花朵，時有霧氣，細雨濕流光，就在那，我寫了些劇本，得了文建會劇本獎；生性害羞的我還擔任演員，演出場域延伸到中部縣市。即便最終沒考到研究所，也為自己增添一段深邃往事，我曾經那樣，在傾斜小山坡，扎扎實實寫過作品，不負歲月、不負自己。

戀留大度山的最後一年，《距離》文學雜誌誕生，紙冊在東海別墅的影印店影印，較克難，但是封面設計與編排卻在水準之上，由目前在綠川畔開設獨立書店「一本書店」的老闆吳國榮操刀。國榮是班上傳奇，工作之餘來系上旁聽，跟大家一路讀到畢業，甚至比大家更努力到課與研究，熱愛現代文學創作的他，大三自行出版，由蔣勳老師寫序。《距離》經費來源，是向系上老師募款，在系辦販售，也在東海商圈擺售，如東海書店。這本雜誌自有其身段，發行七年。

東海在大度山，只緣身在此山中，在大四騎著朋友報廢的五十ＣＣ機車，從市區往學校方向奮力加速，枉然一陣一陣的白煙艱險上行時，才驚覺我真的在山上。來來回回數年歲，上上下下又幾度，終究也該離開這座山了，進入社會才是功夫見真章。

一九九四年初夏，我畢業離開大度山，在南方當完兵兩年，返回故鄉苗栗工作。然而大度山的東海，是我遠航的港口，頻頻回眸的羈絆，海平面上一抹無從銷匿的燈塔光。我偶爾回到山上，享受溫馨的聖誕夜或元旦跨年，那是東海特有日子，並持續供稿《距離》。光陰流轉，似也停滯於年少之際，蜿蜒於相思樹林的小徑、蓊茂榕冠盤亙的唐式學院、人生閒靜時的木蓮花與蓮霧兀自捽落，旋即陣陣飄霧遮掩，須臾不離我的腦海。那些年少寫就、混雜實驗性質、未曾發表的十餘萬稿件，在我離開山上後，斷續披露《距離》，我不在的日子，《距離》成了我留戀於此的分身。

二〇〇二年《距離》停刊，乃預料之中，有聚有散，在這投過稿的人，不少已在創作或學術圈闢徑獨行，自成一家。《距離》容納青春記憶與輕淺文字，終於流入我的歲月，朝遠方離去。但是，我與大度山並未辭行，此後多年，我定居在山下，開窗便是它的倩影，遠望那寬敞、緜亙與點綴水泥建築的稜線，東海森林是其中美好的蔥綠光芒。從另一個角度回眸我曾踟躕與砥礪的山丘，時間浪潮退盡，裸露的盡皆是壘壘文字稿跡，我知道，我明白，我也相信，年少越過的大度山，成了我中年之後的窗景，醒時眺望，睡時入夢，須臾未離了。

甘耀明

目前專事寫作，小說出版《神祕列車》、《水鬼學校和失去媽媽的水獺》、《殺鬼》、《喪禮上的故事》、《邦查女孩》、《冬將軍來的夏天》、《成為真正的人》，與李崇建合著《對話的力量》、《閱讀深動力》、《薩提爾的守護之心》等教育書。著作曾獲台北國際書展大獎、開卷年度十大好書獎、台灣文學獎長篇小說金典獎、金鼎獎、香港紅樓夢獎決審團獎、金石堂十大影響力好書獎。

到東海的路

陳智德

1

一九八〇年代，九龍旺角的田園書屋是我輩訪尋台灣最新文學書刊的寶山，一進門，在書店左右兩側好幾列書架，擺售堪稱全港所見最齊全的洪範版「文學叢書」、志文版「新潮文庫」，還有九歌、爾雅、金楓、學生書局等等出品的多種文史書籍，雜誌架上陸續見到八〇年代中期先後創刊的《聯合文學》、《人間》和《當代》，那書店好像一台播送著時而輕柔時而沉雄聲調國語的收音機，呼召渴求文史新知的聽眾，而我是當中一個瘦小、羞澀卻每天放學後都抗拒回家的少年。

書店氣氛自由，書頁間我見到白先勇、王文興、林海音、琦君、陳映真、洛夫、楊牧、管管、王禎和、羅智成等等許多名字，我省下零用錢，每月邀請一兩位，陪我走一段回家的路。

對台灣文藝的崇敬，以至陪伴成長的親切感，驅使我萌生赴台升學之願。一九八〇年代是相對平靜但有點沉悶而虛假的時光，我希望尋找真正的文學，可帶我衝出沉悶時代。不久我讀到楊牧《文學的源流》中〈現代詩的台灣源流〉一文，得悉台灣現代詩在我已知的領域以外，尚有更深邃的歷史，又自《傳統的與現代的》一書，讀到楊牧懷念陳世驤的文章，我再回頭讀《文學的源流》中悼念徐復觀之文，彷彿一種抗衡時代的精神貫串，教我仰慕那詩歌與文學研究的境地。

難忘中五結業暑假，讀到長詩〈有人問我公理和正義的問題〉，著迷於那敏銳、跌宕而焦慮的敘事體，我甚至把全詩影印附在週記簿裡，向一位對新詩頗有意見的國文老師兼班主任反向地推介，意在引證新詩並不如他所言的不濟。

老師給我頗長回覆，提及他六〇年代就讀台灣大學中文系期間，結交頗多詩人，曾介紹他們彼此認識，又幫他們在香港的書店買詩刊和詩集再帶到台灣，至於詩本身，卻沒有多讀，也看不太懂，他讀過《葉珊散文集》，慣以「葉珊」稱呼作者而不熟悉「楊牧」之名，最後對我說：「楊牧這首詩我讀了，我喜歡，這種詩我是懂的。」

2

一九九〇年九月，我帶著幾本最愛讀而不太厚的書，俞平伯《讀詞偶得》、錢鍾書《宋詩選注》、辛笛《手掌集》、楊牧《有人》、也斯《三魚集》，踏足台灣土地，在桃園機場登上接載「僑生」的車，一路直奔台中，約兩個多小時，車子從公路大轉彎，轉入台中港路再跑一段，不久就駛進東海大學，這路程與我想像中頗有落差，因為，我中學時閱讀楊牧的《葉珊散文集》和《楊牧詩集》，好幾處寫及「大度山」之名，一直想像東海大學是位處半山之上。

山形地貌本來多樣，我何必抱執固定想像？楊牧〈再寄黃用〉一詩的結尾有言：「我仍在此，對一窗錦繡，對一園繁花／一盞燈，亮在此邦／大度山卻是陰暗的西方世界」；東海大學的確位於大度山上，日後對這山，當以步履印證，大度山於我或可做另一番世界。客車駛進東海後，只消幾分鐘，停靠在約農路，下車走一段小徑，學長帶我們先臨時住在男生宿舍第六棟，兩週之後，全校大一新生抵達，當中幾乎所有男生都剛從成功嶺結訓，頭髮理得短促而剛勁，那天上午，有學長帶我遷進中文系男生分配到的第十一棟宿舍，中午過後，身形壯碩的志偉到了，不久再有健談的慶元、高昂的俊宏，下午過後，風趣而幹練的崇建也到了，五個男生同住十一棟位於地面層的一一〇一室，正對面另一寢間則住了耀明、柏全、桓凱、駿男、文程；我何其有幸，忝列東海中文系七十九年度入學的十位男生之一。

3

那是一九九〇年秋天，台灣解嚴已三年，社會醞釀更新，在圖書館可以讀到唐山書局一九八九年出版的十三卷本《魯迅全集》，以及陸續整理出版的日據時期台灣作家文集；大學裡文學討論的氣氛很熱烈，這並不限於中文系或文科生。課業以外，我參加了一個名為「文學欣賞社」的社團，名為欣賞，實有更多的論辯，話題遍及文學、電影、社會、哲學和教育。

有一次大家談到一齣電影《暴雨驕陽》（*Dead Poets Society*，片名另譯《春風化雨》），講述中學裡的詩人老師，以另類教學啟發學生，該影片在台港兩地都有放映，且頗受歡迎，大概當時以升學為一切價值的中學教育真正沉悶透頂，對悶蛋教育的反抗原來放諸四海皆準。我對該電影的拍攝手法本不甚滿意，但也承認詩人老師帶學生到山洞裡讀詩一幕是動人的。

由這電影的討論開始，有一位學長提到男生宿舍第十一棟外圍不遠處一處小叢林，遺留日據時代的防空洞，二戰期間，台灣曾用作日本軍機出征的基地，在二戰後期成了盟軍轟炸目標，該防空洞即為此而建。於是，由那位學長發起，每隔一週，下課後的晚上，我們就相約在防空洞聚會，讀自己或前人的詩。防空洞裡無電力，但有歷史的魔力，破落而深邃，一處遺世的歷史祕境，夜間尤顯陰森，卻照見一群青年學生尋求抗衡世俗的，顆顆初啟的詩心。

我們各人拿著一把手電筒，同時點燃蠟燭，照亮手上的書本或稿紙，發出回音重重的詩聲，有人讀洛夫、余光中，也有人讀楊牧、羅智成，或自己的詩；有一次，我先用生澀的國語誦讀穆旦〈防空洞裡的抒情詩〉，再用粵語讀出辛笛的〈再見，藍馬店〉，有一位念大四的學姐聽了特別喜歡〈再見，藍馬店〉，我再向各人解釋我介紹穆旦和辛笛的原因。到了下學期，防空洞聚會已結束，我在圖書館遇到當工讀生的學姐，知道她快畢業了，就把我手上那本從香港帶來的，上海書店一九八八年據星群出版社一九四八年初版復刻的辛笛《手掌集》，送給了她。

4

男生宿舍第十一棟聽說是由東海建築系學生設計，全棟外牆以至房間內壁皆劃一髹以白漆，因稱「白宮」。宿舍各房間可容五名宿生，當中四張睡床呈現互相凹凸和三面靠牆的形狀，書桌併在房間中間，或分散在牆壁和床邊。就在那有點破損但具歷史感的小書桌上，我每天看書、寫信或寫作，有時吹奏口琴，下學期借得一把吉他，也常在宿舍彈奏，而需要查資料的功課，或比較長篇的文章，還得到圖書館完成，幾乎隔晚就到圖書館流連至關門，才沿文理大道，穿越文學院至外文系館旁邊小徑，總想像青年葉珊的身影，再經幽森荒寂女鬼橋返回不免喧嚷熱鬧的宿舍，我很多功課、文章就在此往返中寫成，當《東海文學》第三十六期徵稿，我就想到應該寫一篇有關楊牧的文章，於是寫了〈尋找楊牧——一首軼詩及其他〉，評介楊牧一首刊於一九八〇年香港《八方文藝叢刊》的詩，〈悲歌為林義雄作〉，當時這詩尚未曾收在楊牧的任何詩集，台灣讀者應該未能讀到，我在文中引用《搜索者》和《海岸七疊》的文章引證詩的內容，楊牧在〈西雅圖誌〉提及「我從一些磋商，火把，講演，衝突，逮捕中抬起頭來，成堆的報紙和通訊中睜開眼睛，雪，像淚一樣，冰冷又彷彿那麼陌生那麼熟悉，紛紛落在院子裡」，就是這文字成為與〈悲歌為林義雄作〉相關的「詩的端倪」，吸引我、感召我，要好好梳理、評介其間的脈絡，我一邊在圖書館查閱《搜索者》的〈西雅圖誌〉、〈六朝之後酒中仙〉等文，一邊在稿紙振筆疾書至圖書館快要關門，讀到《海岸七疊》中的〈詩餘〉這段：「我曾經對微茫的北極光，不能自制地為一個事件的發生而放聲痛哭」，自己也不禁有淚滴在稿紙上，使字跡化開。這世界怎麼了？怎麼每個時代總有荒謬的逮捕、扭曲的指控？時代滔滔、無理以迄至今，我仍在命途的往返、轉折間寫作，但我越來越懷疑，我能否寫出像〈有人問我公理和正義的問題〉這樣的詩，向詭變的時代質詢，並且「於冷肅尖銳的語氣中流露狂熱和絕望」。

5

劉以鬯在《酒徒》第四章的結尾一句寫道：「所有的記憶都是潮濕的」；我印象中，在東海大學的經驗與此相反，所有的記憶都是乾燥的，東海總有不息的大度山風，而且下雨的日子甚少。所以我說，東海的記憶，都是乾燥的。

東海的傳統之一，是勞作教育，大一全年，我在文理大道除草、在男生宿舍撿垃圾、夾菸蒂、洗廁所，到音樂系館打掃庭院內外，如果一個人勞作，真是苦悶的，幸好大部分時間都是與同學一起共同進退。記得勞作的時間分配，有早班和午班之分，早班的話，六點多要起床出發，寒冬之際不無阻力，但一種共同隊伍的氣氛，自然形成助力，這氛圍下的勞作可以是輕快的，有時我負責的地段打掃完了，看見同學志偉或俊宏尚未完成，就與慶元、崇建相呼前去幫忙，很快打掃完畢，一起向監工的學長或學姐報到，勞作完成，再一起去教室上課，倒是一段清朗、痛快的生活體驗，或可說是一種乾燥的東海記憶，直至上學期結束，我竟有點不明所以地獲頒勞作教育獎，那是一九九一年三月的事。

另一種乾燥的東海記憶，是大一學年必修的「軍訓」、「國父思想」和大二學年必修的「憲法」課程，內容枯燥且與我性向相違，課堂上真想睡，卻睡不著。更甚是大一學年結束的暑假，必須前赴成功嶺，與眾多僑生和本地「五專」學生一起參加六星期的軍事集訓，記得有一次休假，上午返回東海休息，我身穿受訓軍服，頭頂毛髮理得稀短，走在幾乎空無一人的校園，感覺從頭到四肢都不是自己的，幸有一陣一陣的大度山風吹送，我希望可再重新吹醒自己。

6

回顧東海四年，課業內外，得益比當時所知的實在更豐。課堂上，馮以堅老師授大一國文、吳福助老師授國學導讀、史記，張端穗老師授老子、莊子、墨子，鍾慧玲老師授現代散文、杜甫詩，薛順雄老師授詩選，甘漢銓老師授訓詁，皆受益良多。以堅師細心批閱作文，予我莫大鼓勵；福助師指示文獻學研習之途，照亮我治學門徑；端穗師所授子學，精研原典，啟發我們慎思明辨；慧玲師授杜甫詩以編年為綱，旁涉研究方法及考據，實一生受用；漢銓師所授訓詁扎實而旁通，啟發我對語言與文學扣連之思；順雄師以巴壺天所著《唐宋詩詞選》為教本，詩選課上，作品賞析、詩人典故，述之甚詳，我得啟發後，再自學詩律，參王力《漢語詩律學》，輔以《詩韻集成》等著，學寫古典詩，卒以七絕體組詩〈歸城三首〉及另一五律〈谷關紀行〉，兩次幸獲中文系興辦之「夔鳳文學獎」古典詩組獎項，個人得獎與否，不算什麼，那一紙獎狀，實為象徵東海眾師之啟導，未敢淡忘。

課業以外，東海四年是我新詩寫作的轉折期，就讀大三和大四年間，寫成〈從邊陲〉、〈重看《牯嶺街少年殺人事件》〉和〈藏書〉等詩，以「游目」為筆名，寄稿香港，分別刊於《素葉文學》第四十七期、《越界》第五十八期和《素葉文學》第五十四期，風格與我中學時代投稿到《公教報》和《突破》的詩已有頗大分別。其他詩作有寫宿舍生活的〈白色的宿舍〉、寫自己在台中市亂逛的〈在台中市〉，後者得「文學欣賞社」的學長鼓勵，參加八十學年度的東海文藝創作獎而獲「新詩組首獎」。那首〈在台中市〉的結尾，我有以下幾句：

快回家就能休息了吧
真想平伏你我蕪亂的心
車上收音機在報時、播送新聞又歌唱
聽這城市瘋轉詭變的歌
有時也還有悅耳抒情的一曲
走錯地方認錯了路
記錯時段錯過了班次
時間跟著我們又再重新開始

懷念台中火車站前中正路、綠川西街、繼光街一帶的市民，懷念中正路上的中央書局、金石堂書局，以至第一廣場地庫的各種台式美食。仍記得在火車站前、中正路口的公車站，等一〇八路公車回東海的情景，公車上有時播放傳統台語歌，有時播放那年頭流行的紅螞蟻〈愛情釀的酒〉、優客李林〈認錯〉、張清芳和范怡文〈這些日子以來〉等歌曲，染織出一片九〇年代的台灣都市印象，更深刻的還有林強的〈向前走〉，在公車上聽得「再會吧，啥物攏不驚，再會吧，向前走」之聲，輕型搖滾配合堅實的行進節奏，伴我返回東海大學的路上。當今時代的瘋轉詭變，更是變本加厲了，可會再有「啥物攏不驚」之聲，再伴我一路返回東海？

陳智德

東海大學中國文學系畢業，香港嶺南大學哲學碩士及哲學博士，曾任香港中文大學中國文化研究所「古文獻資料庫研究計畫」助理編輯、香港中文大學圖書館系統「中國現代文學研究網站計畫」副研究員等職，現任香港教育大學文學及文化學系副教授。研究領域包括香港文學、中國新詩、中國現代文學，亦從事文學創作，2012 年獲選為參加美國愛荷華大學「國際寫作計畫」之香港作家，2009 年起參與陳國球教授主持之「香港文學大系編纂計畫」，擔任副總主編，2015 年獲香港藝術發展局頒發「香港藝術發展獎：年度藝術家獎（藝術評論）」。著作有《板蕩時代的抒情：抗戰時期的香港與文學》、《地文誌：追憶香港地方與文學》、《這時代的文學》、《愔齋讀書錄》、《抗世詩話》、《解體我城：香港文學 1950-2005》，另編有《香港文學大系 1950-1969・新詩卷》、《香港文學大系 1919-1949・文學史料卷》、《香港文學大系 1950-1969・新詩卷一》、《香港當代作家作品選集・葉靈鳳卷》、《三四〇年代香港新詩論集》等。

有人串起的那段距離

陳慶元

我是在網路消息上得知楊牧辭世的消息。那是個百無聊賴的下午，我無意識地撥轉滑鼠，看著屏幕上的是非紛擾，倏忽看到了消息。談不上震驚，畢竟詩人年事已高，又聞身體不佳。然不免傷懷，那段因楊牧串起而已遺落的歲月，再度於心中拾起。

*

一九九〇年我考入東海，大學重考的我，歷經一年補習的黑歷史，惟英數仍不佳，只得以一貌似今日「文青」之姿進入中文系就讀。凡文科所屬，必陰盛陽衰。彼時中文系一個年級僅一班約莫六十人（有僅存於榜單上的名字，亦有幾位海外僑生，故於今已不甚記得數量），男生恰整十人，分住男舍十一棟（東海人稱「男白宮」，今已荒廢為危樓）兩間五人寢室，對門而居。寢室設備甚簡陋，五張破舊書桌與斑駁鏽蝕之鐵摺椅，四人床鋪乃挖空牆壁嵌入而成，餘一床竟置於五人衣櫥並排而成之櫥頂平面。臥於牆中之人腿終年無法伸直，被戲稱「山頂洞人」，室友一人具八尺之軀，其餘四人不忍其終年折腰而眠，遂令臥於櫥頂。然雙足垂於床腳外，正臨門戶處，每入戶必迎足痛擊，頗收防宵小之用。

大學第一年便居此惡劣環境，兩室人等均抱蓽路藍縷之襟懷。或許也因生活條件的匱乏，大夥反更能專注於自己的喜好。或埋首課業，或弈牌撫琴，或吞雲吐霧，抑或鎮日臥床尋夢。亦有數名與我同有文青之好者，同室的李崇建、陳智德，對面的甘耀明，以及後來入夥自歷史系轉來的徐國能。除我日後轉入學界，成了創作的逃兵外，餘人於今皆筆耕有得。惟彼時年少輕狂，終日言不及義，以相互挖苦對方文章為樂，其中又以崇建、國能辯才最佳（那時我甚至以為他倆日後會從政），所謂殺人不用刀是也。只有香港來的智德是另一極端，一副金邊的小圓框眼鏡，白色襯衫，米色的休閒長褲，貌似五四文人復生。平日沉默寡言，端坐床上讀詩，偶爾把弄吉他，亦不哼唱，彷彿化外之民。

事實上入學之初，彼此並不熟稔，是否為寫作同好亦未知，又不欲如夜郎般四處宣揚。據崇建日後回憶，那時大一新生開學前於中正紀念堂有三天的新生訓練，全班惟我一人著大學服，揣著一本黃凡的《如何測量水溝的寬度》，狀似得道高人地埋頭苦幹。殊不知，我當時也茫然於如何測量水溝，只是故作莫測罷了。開學數週後漸漸探得彼此底細，我很快也就為崇建識破，成為日後他常掛嘴邊的笑柄，是為此生憾事之一。

後來，使我們拉近彼此，成為日後創作同好的，竟是那訥澀寡言笑的智德。若要更精確的說，是智德，以及他常拿在手邊的那本，楊牧的《有人》。

*

那時東海中文在全台中文系中，雖仍重古典，但已算是相對重視現代文學的地方。選修課有沈志方老師的新詩，鍾慧玲老師的現代散文，以及當時應是全系最年輕的周芬伶老師教授現代小說。我還記得那時修現代詩的同學，時時都抱著作為課程教材，爾雅出版的《感月吟風多少事》和《小詩選讀》四處求援，尋覓吃西瓜的方法和風到底有何緣故而焦頭爛額。惟智德常好整以暇，只管抱著一本黑白照片封面，照片中四方窗櫺深處坐著一名振筆疾書之人（楊牧？），上書兩大字「有人」的楊牧詩集。

對於楊牧，我只有隱約的印象，那印象來自於我的國中國文課本，一篇署名王靖獻的〈料羅灣的漁舟〉。作者欄中寫道：「王靖獻，筆名葉珊、楊牧，東海大學畢業……」國中的我還納悶一人怎會有兩個筆名（更遑論未來竟成了他的學弟），但也僅止於納悶，便將他長久地遺棄在金門的漁舟上了。

我雖好讀現代作品，對新詩卻敬謝不敏。不止是因為我不願費心深究那晦澀的意象，更因為它的血緣，就像一個來路不明的嬰孩。「可別妄想從中國文學分得一杯羹！」一些教授們這麼說著，他們聲嘶力竭，在學院中振臂疾呼。我不懂他們的堅持，只覺得秉持這樣的信條，我可以輕而易舉得到那些師長的奧援與信任。

某日，智德的桌上攤著那本《有人》，崇建見狀，便興高采烈地大談特談起新詩如何如何，並用眼角探我，似乎想得到我的附和。

「新詩是個什麼東西！亂七八糟的，看都看不懂！」我斬釘截鐵地回答，把崇建嚇了一跳，然後以一文學捍衛者之姿，重重地宣告了我對新詩的鄙夷和不屑。「這樣的東西，根本不配叫作詩！」

「慶元……」智德在一旁開了口，語氣沉穩、緩慢，沒有任何抑揚頓挫，卻把趾高氣揚的我立時震懾住了。「你聽我念一首詩，再告訴我你的感覺。」我看見陽光自窗櫺間透了進來，一種堅毅而勇敢的氣息，自他的身上散發：

有人問我公理和正義的問題
寫在一封縝密工整的信上……

智德以他的母語不疾不徐地誦出楊牧的詩句，我目視文字，耳聽語句，透過他的口，我感到一股震撼力，無以名狀的，向我以浪潮之勢襲來。在那之前，我幾乎不曾知道新詩是可以這樣寫的，但又或許是我弄錯了，新詩本就是這樣的，震撼我的是一些別的，大概、也許、可能是他的那種專注和那份執著，楊牧訴求的公理正義，全在他的臉上。

*

從那時起，新詩便進入了我的生命。前此的我對於新詩，只是被動地從國文課本上接受，印象中也少之又少，好像只有余光中和蓉子，要不就是從羅大佑的唱片中聽他唱的〈錯誤〉和〈鄉愁四韻〉。但自從智德引我進入楊牧的世界後，我驚覺自己如詩中那顆早熟脆弱的二十世紀梨，臣服於楊牧詩歌的魔力中。我們幾個文青或有各自喜歡的文人，無論古今，但對於楊牧的喜愛是最大的交集。我們隨著楊牧的文字一窺夜奔的林沖，體會掛劍的季札，徜徉風起的大度山，神遊山風海雨的花蓮……我們已尋不到楊牧的夢谷，卻能於夜半時分提著啤酒自宿舍漫步至牧場或東海湖，然後藉著酒意在那兒大聲朗誦自己的詩作並互相批判，待天色微明再拖著腳步回十一棟躺平，準備一個多小時後的勞作教育。

可以這麼說，我原本潛藏的蟄伏的創作的心，被那首〈有人問我公理和正義的問題〉喚醒了。我買下了楊牧所有的文字——詩、散文、理論，甚至譯作，不論懂或不懂，著魔般地閱讀，進而學習、摹仿他的風格（幾經試煉，終究發現楊牧豈是他人所能摹仿的）。我將楊牧當成偶像般崇拜（哪個文青沒有自己的文人偶像？），也因他更認識了周作人、豐子愷、許地山，我所知道的徐志摩也不僅僅是存在於康橋之上了。

不止是我，我們這群文青的心，也被〈有人〉串連了起來。那時東海中文在師長的推動下創辦了「夔鳳文學獎」，乃今日東海文學獎的前身，有幸躬逢其盛。前幾屆的文學獎僅限中文系同學參與，我們自覺寫作不該僅止於自娛，乃互相激勵，相約投稿。那時尚未限制投稿類別的數量，我們諸人也不顧擅長與否，小說、散文、新詩乃至古詩（那時尚有古典詩獎項），無一不投，貌似精通十八般武藝，此不足為外人道，且按下不表。每至截稿日近，仍有人未能寫訖，諸人必以車輪戰方式催促之，頗有革命尚未成功之概。揭曉日近，眾人忐忑外必言誰的一定上，誰的一定不行之語，彷彿人人皆成了大預言家。說也可笑，預言家屢屢躓踣，凡賽前被批評最烈者，其結果必然得勝，凡此種種，屢試不爽。日後大夥開始向校外獎項投稿，不分大小，有初生之犢之勇。其中若偶有斬獲，得獎金者必請眾人喝酒吃肉，敗者亦不氣餒，相約來年再戰，頗具梁山泊之趣。惟預言一事，每每結果依然如昔，可聊資一懽。

我們四年文青時光就是那麼過去的。後來大家紛紛搬出校外，分散於別墅各處。猶記畢業前最後一次聚會，是在同學志偉的賃居之所，其為一樓中樓，透過落地窗向外看，大度山的夜色盡收眼底。一整個晚上，我們飲酒作樂，大聲朗誦我們喜歡的陶淵明、李白、杜甫、蘇東坡；乃至於瘂弦、洛夫、鄭愁予、余光中，當然，還有楊牧。曉得的名詩誦完了，就念起自己的詩作，或悲、或喜；或讚美、或批評；或抒情婉約、或豪邁奔放，全是為四年同窗做一注腳。這麼直至破曉，大夥在室中或坐或臥，不約而同向窗外去。霧中的大度山，因為光影的投射而有些蒼白，有些迷茫。不知是否都累了，整個室內陷入了空寂，彷彿一點聲音就要動搖每個人的意志。

當下，不知誰念起了〈瓶中稿〉的句子：

這時日落的方向是西

越過眼前的柏樹。潮水
此岸。但知每一片波浪
都從花蓮開始——

大學畢業，我入研究所就讀，崇建與耀明至卓蘭全人學校任教，持續他們的寫作，智德返回香港，讀書、寫詩、辦詩刊。國能晚我們一屆，據說他曾於某屆夔鳳文學獎包辦各類首獎，成了中文系的傳說，此乃後話。

*

畢業後的我們雖各奔西東，卻無法馴服對文學熾熱的心。一個屬於大度山寂寥的夜，初秋的微涼中，我們難得地聚在國榮（目前在台中經營獨立書店「一本書店」）的住處飲酒談詩。室外是幽深的黑暗，室內燈泡暈散的鵝黃色調和柔和的琴聲讓人益發覺得溫暖。

許是茅台的力道發了，我在恍惚中吐出了一個句子——

「我們搞個讀書會好不好？作為我們以後定期聚會的著落……」耀明的酒意大概也重了，又或許他是嚴肅而認真的。在大家還未及對我的話有所反應的時候，他明亮且迅速地接著我的話說：

「好啊！再以這個讀書會辦個地下刊物，那就太完美了！」

對於當時的年少痴狂，除了烙在心中無法磨滅外，現在想來，似乎更有些無法置信。決定了讀書會和刊物後，眾人表決通過將之名為「距離」，希望通過對外開放的文學園地，結識更多的文學同好。

由於當時仍在東海求學，以及夥伴們的盛情難卻，我被推為創始初期的會長，而編輯與美工方面則由精於電腦排版的國榮擔綱。事實上在「距離」中，頭銜是完全沒意義的，大家都是憑著一股熱忱為文學的理想努力打拚。

我始終未能忘懷，耀明在《距離》創刊辭中，那段至今讀來都讓人熱血沸騰的文字：

《距離》的誕生，表現年輕成員滿溢的血液裡，對惡質的創作環境負嵎頑抗的意底牢結。然而對社會上的文學大花園而言，我們只是做邊地羸弱地發聲，但也是最頑強的掙扎，深信的是，伴隨過往的沮喪而死的是一顆種子，任何人從習作中發掘新視野、新世界。

《距離》的朋友如是堅持。

我們將刊物置於校園中幾個重要據點供人自行免費取閱，說直白些，頗有今日善書的味道。幾個窮酸小子自不量力妄想辦地下刊物，首先遇到的便是經費問題。雖然設法以最克難的方式印製《距離》，但一期三千元上下的印製費用對初出茅廬的我們仍是巨大的負累。最後只好決定設置募款箱，以及厚顏尋求曾苦心栽培我們的中文系師長支持兩方面著手進行，希望以開源的方式維持《距離》的呼吸。其結果是讓我們喜出望外的，中文系師長不論在精神或經費上都給予我們最大的支助，募款箱清脆的銅板撞擊聲更讓我們覺得苦心終於有了回響。那時的我們始終相信，東海的文風不滅，東海的理想未滅。

《距離》的生命延續近八年，曾經在《距離》現身的作者，除了我們這幾個成員外，東海的學長姐如李皇誼、李癸雲、董恕明，學弟妹如國能、以及寫兒童文學的陳愫儀，還有遠在香港的智德，這些當時的東海文青都以積極的行動贊助《距離》。後來成員有人入伍當兵，有人工作日漸繁忙，最後以難敵現實壓力而告終。在最後一期上，我發文道別，文章起始便引了楊牧的〈輓歌〉：

不忍在黃昏的窗前流淚
因為這窗前的黃昏
恐怕並不真適合你
（你埋葬在蒼苔默默的
星光下）而且我，我猶豫
如失去方向的河流
猶豫成一片沼澤

對於東海，對於「距離」，我很高興自己身為其中的一分子。儘管如今成員各自西東，「距離」的向心力，把我們始終聚攏在一塊兒。在偶然的聚會中，依然是酒，依然是詩，依然是文學，依然是我們念念不忘的東海，以及那段屬於「距離」的時光。

*

那是三十年前的歲月了。如今，耀明、國能已是知名作家，崇建遊走華人世界講他的薩提爾，智德為香港文學繼續奮戰，我則仍堅守於東海。今我來思，耳際仍不時迴盪著，彼日智德低吟著〈有人問我公理和正義的問題〉那悠長的聲響，盤桓，流轉，飛揚。

陳慶元（右）

陳慶元

陳慶元，1971 年生，祖籍大陸安徽，生於台灣南投，老東海人。自 1990 年入東海大學中國文學系後，便與其結下不解之緣。舉凡大學、碩士、博士與任教，均於東海度過，現為東海中文系副教授。好古典，喜現代，亦樂電影。年輕時熱衷創作現代詩文，曾獲聯合報文學獎、中央日報文學獎、聯合報千禧年詩獎、台中市大墩文學獎、全國學生文學獎等。入學術圈後因疏懶成性，已輟筆日久，多為讀者之姿，是為憾事。

第四幕

相思林外的星空

（啟航／遠行）

陳舊了的 sentimental

言叔夏

有一年的一整個冬天，我一直寄居在H大的研究室裡，因為學校的宿舍忽然不能續住。那時我們已經買了城市邊郊預售的屋子，樓才蓋到一半，當然不能進住。臨時找的房子在中科外圍一條大斜坡的大樓，間間都隔成五坪左右的小套房。房子裡只有一個小化妝桌，沒有讀書寫字的地方。那一年我剛好接了一個專欄，常有外稿，幾篇正在趕的論文無法耽擱。因為不習慣在咖啡店工作，只好每天到研究室待到深夜。雖然這樣說或許有點奇怪，但在研究室寫稿這件事，對我來說某種意義上還是有點違反創作的某種重力場。畢竟寫作與研究在本質上還是很不相同。它無法朝九晚五，生產線定時定量就能產出（或許也有能這樣的人存在）。即使只是一篇兩千字的稿子，找不到進入文章的入口時，坐在書桌前一整天也是徒然。

然而，對我這樣在三十數歲後才來到一個新學校工作的人而言，那樣常常等不到字詞來拜訪、卻又需要整日待在書桌前的一年，是一段彌足珍貴的時光。那段時間，我常在午後的時間來到五樓的研究室，拉上百葉窗簾，把屋子布置成洞穴。在一架煥發著幽微光亮的電腦螢幕前，散漫地打著字的時候，有時會傳來研究室外長廊上學生交談的聲響。下課鐘響。感覺門外的世界小小地躁動了起來。那其實是一種微妙的時刻。好像把房間搬到了大學時代的某個時空隔壁，在那裡度過著我不曾擁有過的某種大學時光。比如稿子寫不出來的時候，花很多時間在校園裡散步，爬一段緩坡去會館旁的 7-ELEVEn，在路燈亮起來的傍晚去學生餐廳挨擠著買一盒晚餐吃。冬天的大度山有一種冷凝的蕭瑟與快樂。系辦助教叮囑我：「這裡的冬天非常濕冷，一定要放電暖器在研究室。」那會是一種煤油暖爐上面還放著一只噗噗燒開的水壺嗎？又或者跟誰一起圍著烤一圈棉花糖來吃，吃得雙手與嘴唇都黏呼呼。大霧的日子裡，校舍的輪廓是鋸齒狀的，像是一排蹲伏的動物。溫馴，善良，等待過冬。入夜後的大學校園，據說現在學生參與社團活動的興致已經大幅下降了。但夜晚經過H大一樓的平台時，仍會有三三兩兩的學生，像圍著一圈篝火般地，演奏樂器，興奮地談話，或手拿一裝訂劇本演練走位與發聲，把他人的人生搬演成自己的人生。那樣的景象，即使經過了無數次卻總讓人忍不住有點想哭。也許我想起了自己的東部大學時代？也許想起了在木柵的研究所時期，另一所山邊大學的夜晚？一個黑皮膚的外國留學生走過來跟我說：「能不能跟你借個火？」

借個火。這裡的大風裡須使用防風打火機。二十一世紀的第二個十年，無菸校園，文學院的螢火蟲們要到哪裡去點燈？巧的是二十年來待過的三個學校裡，好像總有意無意地碰得見楊牧。我還記得大一時在東岸的學校裡，混在學長姐裡去聽一堂楊牧的詩經課。講台上講話的老先生，聲音平緩而慢，像每個字詞既是它自己也都是逗號。我想：這是一個自己攜帶逗號像攜帶隨身保溫瓶出門的老先生。這是一個把字詞在早晨的公園像體操一樣攤展開來的老先生。後來在貓空山腰的另一個澡堂一樣的文學院裡，再見到保溫瓶老先生，他已經更老更老了。更平緩。更慢。慢成一個少年。慢回葉珊時期，相思林裡漫步的少年葉珊，也踩踏過這條落葉窸窣的道路。其實我初讀楊牧時，喜歡葉珊可能多過楊牧。也許我喜歡的，其實是年少時代在高中的國文課上，捧讀著課本沒有收錄的〈右外野的浪漫主義者〉，想像窗外是海，有颱風正要靠近，港口的長浪被放逐得無比的長。一條長長的十六七歲的堤防，走到了盡頭就是海。「那也沒有關係的。」好像有人會躲在句子裡這樣說。遇到了海，再往回背著海走路回來。

回來哪裡？回來一個前中年時代終於停棲下來的城市。一座被相思林包圍的校園。校園裡年年有一批二十數歲的人離開，年年有一批十八九歲的人進來。臨時租賃的小套房沒有陽台。原本養在教師宿舍的盆栽，一半死了，一半未死的，怎樣也捨不得丟掉，遂統統被挪移到研究室外的陽台。大度山的冬日多大風，沿陡坡斜下，吹得陽台植物東倒西歪。多肉愈來愈瘦，奇怪的是多肉再怎麼瘦好像也真的死不了，留一口活肉像要等待風季過去。被折騰的反而是我。「把這麼堅強的植物丟掉的話，會有罪惡感的吧！」於是那一口活肉，只好留著晾著，在風裡歪來倒去，乾燥，褪色，終致成為另一種東西。

另一種東西。搬家的過程裡來到這研究室暫住的還有那一箱箱跟著我多年四處流徙的舊物：舊CD、舊信、舊卡片，久遠久遠以前的學生時代上課傳過的紙條。許多朋友驚訝於在這斷捨離的時代我竟還留著這些。某次參加某個作者的新書發表會對談，被問及關於拋開舊物才能繼續活下去的事。提問的人說：「你應該也是那種會把舊物定期清理丟棄的人吧！」啊，其實我不會。我的抽屜裡，還有二十年前友人寄來的明信片。有死去的貓生病前最後一次剃下的毛，裝在玻璃罐裡，有時打開來聞一聞牠殘餘的味道，揉一揉那已經沒有肉體可以依附的毛髮。有已經找不到機器可以播放的自學生時代起收集的CD。有一盒舊信。人生畢竟有太多可丟與想丟卻丟不掉的，在每一次搬家時徒勞無功地顯現。那時的我是怎麼回答的？「我決定把它們統統放進研究室的黑洞裡，等六十五歲再來面對這件事。」

六十五歲的時候，我還會記得一封舊信的寄件人嗎？在研究室待到深夜的晚上，有時會有結伴夜遊的學生來到門外，聽見他們窸窣說話、打鬧著敲門的聲音。「你敲敲看啊，看老師在不在裡面。」真讓人不知該不該開門回應。買了擋蟑螂的門板擋住門下的小縫，擋住這裡深夜還窩藏著一個人的訊息。其實他們真正要敲的並不是我的門。那些投擲進一條長廊黑洞裡的小石子，只是為了回音。是誰都無所謂。深夜離開H大樓時，常有一種莫名掉回二十年前在花蓮的夜晚，一座文學院的迂迴長廊裡，獨自一人晃蕩的大學時期。看四樓的研究室窗戶，哪個老師半夜還點著一盞燈，沒有回家。哪個老師在深夜的迴廊上緩緩騎著腳踏車。那手剎車生鏽的尖銳聲響，會嘎一聲劃過安靜的夜，劃破了黑，從黑裡流出一些什麼來。想起這些的時候，會真的忽然覺得，自己已經老了很多很多了，已經離那個東部縱谷裡的日子很遠很遠了。並且也如同當年，那些在黑暗長廊裡遇見的老師們，提燈疾走在忽而顯影、忽而消逝的一座學院裡。十八歲在東邊縱谷裡看見的一座高山，二十年後翻過來西部的另一邊看見同一座山，卻已經在山的背面了。繞路開路，道阻且長，二十年裡我去過了哪裡？回過神時，其實那些都宛在水中央。

一個研究所指導的學生送來完稿論文跟我道別。他說他要出發前往南方，去一個想做的工作。那工作和他的研究主題相關，可有田調蹲點的機會。但如果不如預期那麼理想呢？「我打算先試試看再說。」他說得好像連退守放棄都那麼堅定。有些東西注定只有二十數歲時拿得起也拋擲得開，令人豔羨的闊綽的自由。多年以前讀〈又是風起的時候了〉，這幾年為了備課重讀，常有不同心得：那其實是一篇關於遠走的文章。關於遠走之前的告別與回應。關於出發，還有回來。而所有的「回來」，其實早已被埋設在將行的遠方。

還有另一個學生，並不常來上課，但上課時，有時會忽然舉手講一句像從外太空飄進來的話，令大家摸不著頭緒。他鋸齒狀的劉海很像《櫻桃小丸子》裡的山田，於是我總是在心裡稱呼他為山田同學。研究室的長廊天黑下來一片漆黑。即使開了燈也常被節儉人士順手扭熄。因為H大地處高勢，可以遠眺台中市區裡排排矗立的高樓。轉角的陽台長椅上，常有來看夜景的男女學生。某次在研究室待到深夜，出來倒水時在長椅上遇見了正在抽菸的山田同學。我問：

「你在這裡做什麼呢？」

「清晨六七點的時候，學校裡會聞到一種味道。」他指向遠方的樹林：「那邊的山頂上，會有很大很大的煙霧。」

他說，老師，你知道那是在燒什麼嗎？我聳聳肩。大概是空污？

「那是火葬場的煙喔。」他說。

「所以，那是在燒死去的人的身體。」

說這話的山田同學，下學期開學以後，就再也沒有來上過課。他消失了。沒人知道他去了哪裡。據說他在宿舍中庭裸體走來走去，引發騷動，在迪卡版上成為一時討論的對象。過了數月，當然很快就被遺忘。但我常在研究室待到深夜的晚上，想起有著鋸齒狀劉海的山田同學，想起他說那句話的聲音：「那是在燒死去的人的身體喔。」低鳴如同青春樂器裡最低最低的音階，少有曲子會按彈吹奏到的孔洞，一旦放開了按壓的手指，就會發出那種寂寞得幾乎找不到一面回音壁的聲響。

那樣的時候，也必須是一種又是風起了的時候。風起了的時候，嗚嗚地穿過那個洞。發出不知是哭泣還是鳴笛的聲響。

陳舊了的 sentimental。

風起了的時候。我衷心祝願他們已經抵達更遠的地方。

言
叔
夏

1982 年生於高雄。政治大學台灣文學研究所博士。東海大學中文系助理教授。曾獲林榮三文學獎、國藝會創作補助、九歌年度散文獎。著有散文集《白馬走過天亮》、《沒有的生活》。

台地

楊富閔

1 開箱文

今年回到故鄉台南服役，因為媽媽的病，我得以申請家庭因素，晚上住在家裡，白天騎著單車上下班制，日子過得相當規律。正是住在家裡，許多問題變得現實，讓我想到就怕。比如媽媽偶爾驚天動地的狂咳，比如外公外婆的長照，又比如大哥成家生子，家中空間明顯不足，幾乎是進門的第一個晚上，我就意識到了。這幾個月慢速整理目前起居的三樓，自然是明白以後我是不能久住老家，而我也到了該買房買屋搬出去的年紀。不可以再當一隻任性的放山雞。

整理速度很慢，三樓全是我的東西。這裡囤積從小到大的參考書、考試卷、賀年卡、紀念物、獎狀獎杯哩哩扣扣。其實十幾年來，我也清過幾次，每次整理都是家出大事。比如要去台北讀碩士班那年，來了一個叫作莫拉克的颱風，它讓三樓災情慘重，我就順勢丟了不少講義；二〇一六年大哥結婚，老家裝潢，我去美國，高國中的東西被我消滅；二〇一八年媽媽化療，那個暑假我一邊寫新書，一邊丟舊書，文學獎的贈書、研討會的論文集統統送去回收。

十幾年都丟不了的大概真的不能丟了，或者還有什麼想說的沒有說，不說會死。二〇〇九年東海畢業，爸爸開車從大度台地運回的藏書量最可觀，而且收得好，每箱我都清楚分類，還用標籤紙做記號。這才想到原來我是斷斷續續整理過的。

比如那箱裝的都是上課用筆記本，筆記本在東別四季百貨買，一科寫一本，都只寫了幾頁；還有流傳不知幾個世代的考古題厚厚一疊，那也意味傳到我的手上被我喊卡，此風不可歪長；也找到大二東海文藝營的學員手冊，營隊名稱叫作「創造你的小宇宙」，我從廖玉蕙老師的手上拿到第一個文學獎；找到我們系學會在溪頭舉辦新生露營的資料袋；居然連新生入學通知書我都有留，九四一一三三，我是在二〇〇五年入學的，中文系是大系，一個年級一百多人，當時我被分到小 a 班。小 a 班的中文老師是許建崑教授；小 a 班的導師則是周芬伶教授。我大一就是周老師的導生。

也有不裝箱的書，直接擺上書牆，都是大一到大四的必修課本，以及我在東宜二手書店、午後書房，以及藝術街的古書店挖回來的好物，其中一層擺滿教育學程的書，大三大四我又多上二十多個教育學分，課表還是滿的。學程的書很厚很好賣，我怎麼可能賣。教育學程教我邏輯、組織與表達，那時系上修學程的風氣很盛，我有修完沒去實習，唯一一個讀了上去。

也有帶到台北的書：《一首詩的完成》是文學概論的參考書、魯迅的《中國小說史略》是我在學校的敦煌書局買的，段玉裁的《說文解字經》我也帶了上去；會有拓拔斯·塔瑪匹瑪的《最後的獵人》是因旁聽洪銘水教授的原住民文學選讀；我有一本阮美慧教授的《戰後台灣「現實詩學」研究：以笠詩社為考察中心》，那時全系只有我要考台文所，美慧老師的台文史因與教育學程衝堂，我常蹺課躲在 H304 教室後面旁聽，固定坐那靠近窗簾布洗手間的位置。

我很愛那個可以把自己藏起來的位置。

所以這是一篇東海故事的開箱文嗎？開頭開得好冗，遲遲寫不進來，因為我怕寫完這一切就莎喲娜拉了。我還想把東海放在心裡多留一天是一天。其實我已寫過不少關於東海的故事，比如寫給周老師《創作課》的序文〈瘀血漸漸化開的時候〉；寫我一個人自得其樂的〈微整形〉、寫東別日常的〈海拔以上的情感〉。但我始終感覺沒有寫完。東海於我是個現在進行式。二〇〇五年負笈東海大學是我人生至今最重要的一件事。東海中文系是我的第一志願。

2 體育課

大學一年級的體育課，時間是在早上八點，簡直就是早操，如果輪值早掃，生活好像在山中佛寺念書。只是山中沒有佛寺，我讀的是教會學校，擁有一座建築有名的教堂。我去上體育課的途中，有時我會特地繞路去看台地之上的教堂。

當時我選的項目是桌球，一半原因是電腦排序，亂數隨抽；一半是我也不知道選什麼。游泳是絕對不行的，羽球、桌球比較自由，需要團體行動的，我就閃得很遠。記得系上男生只有我一人抽到桌球，當時的體育教室，使用東海操場看台區下方的空間，大大方方擺著球桌，兩側立著不少收攏站立的桌席。到處都是那一籃籃的桌球拍，一籃籃的小橘球。桌球教室隔壁就是東大附中，中場下課常和中學生一起搶廁所。東海位在大度山上，後來想起許多同學，他們身形緩慢在我腦袋浮現的時候，往往就是呈現上坡或者下坡的姿勢。山坡上看台區下的桌球教室，新鮮人的我凝神盯住乒乓小球。桌球老師說最重要的是姿勢——肩膀不要傾斜。剛滿十八歲沒有多久。

桌球我是毫無經驗，於是跟著從握拍開始慢慢地學。當時與我分到同組的都是文學院的學生：哲學系日文系的，多數都是落單的人。我大概無法思辨性去談桌球運動給我什麼天啟，真心只想趕快下課。下課也才早上十點。大一我們男生住在二十棟，很多人還在睡，或是有課根本睡過了頭。相當純粹的一段時間：規律住宿，自己洗衣吃飯，課程得心應手。我有大把時間去思考我是誰，也有大把時間去問我不是誰。高中時期一個人怕被笑沒朋友，可是現在我最期待的就是體育課了。記得桌球的期末測驗：要考你站立不動、自抛自打。上下彈個幾十下。對我來說沒有太難，力道抓準，只要不耍帥不貪快，一個學期就過去了。

冬天的體育課比較難了，因為爬不起來，如果碰到早掃簡直要死。清晨宿舍區的迴廊，走著剛剛睡醒的晨勃男孩，一臉愛睏說是要去衛浴間盥洗。如果加上冬天東海的凍雨，可見整座學校到處都在開燈，那時我們的桌球教室同樣燈光大亮，時序錯亂讓人以為已經晚上，正要舉辦什麼賽事。明明早上九點。

有次冬天早掃，抽到同學眼中的籤王，就是陽光草坪再下去一點，接近校長宿舍的位置。從二十棟出發，走過花園小徑，沿布告欄再下去，教堂此時還在霧裡。其實我愛早掃，一直希望可以抽到文理大道。早掃結束人很精神，一人晃到紅林吃早餐，然後走每一次都不一樣的路線去桌球教室。太早抵達有時碰到東大附中正在升旗典禮，聽到國歌我就乖乖動也不動，只差沒有敬禮。

初到這座山上，什麼感覺都是新的，而我只會在桌球教室一年，那像一個銜接高中到大學的關鍵場所：我在練習一人乒乓，在斜斜的山坡，自拋自打，對牆回打。愛好文藝的師長朋友一個一個要登場了，而我不能分心，懂得專注，基本功很重要：一下、兩下、三下。

3 置頂小屋

那是至今住過最高的住處，海拔最高，樓層最高，體能很好，二十歲的年紀，才剛升大二。

搬到巷弄最底的公寓，主要還是同學的口耳相傳。四月早早看妥房子，聽說要快，不然都是撿人家挑剩的。記得我去看屋，舊房客還沒退，大概他是一名理工科系的畢業生，他去上課，房東徵得同意之後，自行打開房門，讓我得以窺見屋子格局，而我都在看他的衣褲與球鞋，還有層層疊疊的書：「聽說正在準備研究所，他想考回北部。」

公寓就蓋在大度山上坡，算是山坡上的建物，為此高上加高，我在這塊台地孵化自己的文藝夢，大二了，課表排滿，平日外出與聚會不斷，大學生該做的事我都有做，結果留在租屋時間反倒變少。這棟建物旁即是一整片的紅土地。大度山的紅色土，終年種植不知名的低作物。這棟建物也有一座地下停車場，通道口極狹窄，我很少下去停車，下坡很陡，騎來顛顛晃晃，常常差點犁田。

有次罕見騎了下去，停妥之後抬頭看到頭頂的氣窗滲入陽光，以及雜草叢生的的局部畫面，一時不知自己到底身在地的上面還是地的下面。那個紅土斜坡的地下車場，大概可以當成某種文學隱喻，但我不愛這樣的比喻，太刻意，我只想趕緊回到地面深呼吸。

入住那年冬日，初次見證寒流強風從我的窗口灌入，強風吹得門窗狂抖，我才知道自己這麼怕冷。這屋白日視野很好，開窗是個仰角，換言之這處也不算最高，還有更高的地方。我會在窗台遠眺龍井沙鹿方向，聽說住到靜宜就可看到台灣的海了，而我只在這小屋看到廟的飛簷，原來此地還是庄腳所在。印象中附近有座廢棄菜場，瓷磚水泥的檯座還沒拆毀，可以想像居民不少，我曾帶著數位相機拍過許多照片。

有了屬於自己的小屋，人也漸漸拉回現實。感覺自己真正成為一個文學系的學生，優游於古典與現代的國度。那時我們討論風氣很強，常會利用各種名義去借空的教室，期中期末關起門來苦讀。我也開始騎車到處逛舊書店，以為貪小便宜買到二手課本，其實迷戀的是上頭前人的筆記文字，前書主是不是和我一樣，也是一名對中國文學胸懷大志的學生呢？那時最能引起我的興趣的是

《楚辭》，光看上面那些花花草草就很興奮，許多選修科目我都自行設計講義，大學生的學習就是要自主。我在課業讀出興趣，同時活躍系上活動。有次回到這間小屋，坐在床沿覺得這空間很陌生，似乎從來沒有好好坐下來，看看自己也看看房子。

主要原因，正是那年我也忙著編輯東海文學。這小屋就是工作室，蒐集而來的稿件攤在地上巧拼，房間亂到看不見床在哪裡，電腦永遠開機狀態，畫面都是編輯軟體；那時我也在系學會幫忙，期中期末花樣一堆，假日還要到處場勘，日子滿到像在搞什麼大事。那本刊物的核心概念是認同與記憶，恰是那幾年最時興的議題，而我靠著薄弱的文學 sense 與萌發的文學信念，在大度山上對這世界發出一個微小回應。那年五六月的梅雨很狂，日日我被烏雲追著跑。整個夏天我在影印店與這小屋一天來回十數趟，大概不想讓人講話，也有一個強大的使命感，總得編出一個什麼像樣的東西。

雖是社團刊物，現在重新翻看，很快就會發現大學生的我當時在關心的問題。執筆群也很熱鬧，因無稿酬，全是邀來的稿：周響平、張晉誠、楊文馨、張馨潔……那年我也因為忙過了頭，忘記租屋續約，刊物發行之後，狼狽搬出那間小屋。以後整整一年，我的心情始終高度亢奮，整個人的身與心都校準了。而報考研究所的念頭越來越明確。不知這屋的前房客後來是否金榜題名。記得我要離開的時候，房東問我接下來的規劃，我搖頭表示還不清楚，心裡想的卻是最初的那一句話：「他想考回北部。」

4 世界是文學的

這幾年我在台灣各地的國高中演講，最常碰到同樣畢業中文系的學長姐前來認學弟，接著就是一陣歡呼，開始說起自己的東海故事；我們班現在不少也在一〇八課綱的第一線教書，這才想到我的國中高中國文老師，好巧全是畢業於東海中文。我與東海結下很深的緣，畢業多年，因為還在學術與創作的路上，尚未偏離軌道，幾次回系參加評鑑、新生座談，或者參加圖書館等單位的演講活動，總是匆匆來去大度台地。

我到東海大學那年正是五十週年校慶，記得那年有個牽手圍繞校園的活動，我們中文系被分到的位置是在圖書館靠近工業區的那一側，聽說那天會有空拍飛機，大家都在抬頭看鏡頭，對著很希臘的天空揮揮手。那年系上有個研討會叫作「緬懷與傳承——東海中文系五十年學術傳承研討會文集」，現在重看論文集的這些題目，覺得系上走得非常前面，不分古典與現代，它處理的是一個中文系在台灣的嚴肅課題，討論個案全是系上的前輩學人，之於台灣的中文學科發展史，或者東海自己的中文系史，都意義甚深。我自己在東海的養成，也是不分古典與現代，彭錦堂教授今天教我們讀惠特曼，明天要上的是六朝文；許建崑教我們《西遊記》也教我們兒童文學；周老師世紀首開創作理論與創作實務，第一堂課我們都坐在搖滾區。

大三大四，因為教育學程作業很多，上課教室剛好都在人文大樓，我在系上出沒的時間反而更多，沒課又懶得騎車回東別，我就跑到五樓的電腦教室上網印作業，和威宇學長一句來一句去，也常在走廊遇到素華與瑞玲學姐。電腦桌邊的系統櫃放著許多早年的會議論文：《戰後初期台灣文學與思潮論文集》、《苦悶與蛻變：六〇、七〇年代台灣文學與社會國際學術研討會》、《笠與七、八〇年代台灣詩壇關係學術研討會》，系上對於台灣古典文學的研究積累也很豐富，足見東海中文在世紀之初介入台灣文學史的視野與企圖。

其實從東海角度去看戰後台灣文史學界的學術演變，我最感興趣的是自由主義思潮與學院學術政治之間的競合，以及國語文運動與東海中文系的淵源。那時威宇看我不時在翻，翻了又翻，直接就說想看拿走。我的台灣文學之路正是根在東海。這幾年我的書寫漸漸朝向一條重探文論的新路，學術研究則地毯性去梳理五〇年代以後的文藝刊物。既有的「文學」定義已經無法將我說服，大概也很難解釋疫情之後的那個世界了。為此不再依循制式文類分野，對於建立「自己」的意念相當明確。今生最大心願是寫出一本台灣文學史。而我可以這麼篤定，心無旁騖，全是來自大學四年，母系澆灌給我無窮無盡的文學量能。

前幾年拍成電視劇的《花甲男孩轉大人》，是我在大學寫成的少作，沒想到劇組居然挑了台中。我沒有告訴導演我是東海人，不可思議它們找來的場景，全都環繞我的大學生活：龍井、大肚、烏日、都會公園，這些地方是我一天到晚騎著紅色落漆摩托車，白天黑夜鬼祟出沒的熱點。那時我有一篇小說叫作〈繁星五號〉，寫一台校車與一群學生離合悲歡的故事，結果劇組真的找來一台校車，導演還要我去客串楊富閔。我在家想了三天，不敢決定，忍不住打電話問叔夏說要嗎？叔夏說天啊沒關係日劇都這樣。我笑到起痟，有日劇與叔夏當定心丸，這才鼓起勇氣入鏡。

記得那天校車繞著大度台地的紅色土跑過來跑過去，整整拍了一個下午，最後一個場景拉到清水海邊，等到終於收工，領完我的紅包，聽說校車順路要回市區，我也跟著搭了便車。坐在自己發明的小說中，這是什麼神祕的感覺？校車駛在中棲、中港路，天色漸漸暗了，直至視線慢慢帶入東海校園的紅磚圍牆，黃昏堵車的台灣大道，我一人坐在角落，突然激動想要大哭，可是找不到人來分享。只有我知道發生了什麼事。我的作品變成一部巴士，今天它要送我一程，它把我載回來了。它要我回來看看自己的初心是否還在，同時告訴我母系東海一切都好。

楊富閔

1987 年生，台南人，台大台文所碩士，研究興趣為文學寫作與教育。目前為台灣大學台灣文學研究所博士候選人。台大中文系、清大中文系與東吳中文系兼任教師。

曾獲「二〇一〇博客來年度新秀作家」、「2013 台灣文學年鑑焦點人物」；入圍 2011、2014 年台北國際書展大獎。部分作品譯有英、日、法文版本。2019 年擔任國立聯合大學駐校作家。

專欄經歷：《中國時報》「三少四壯」、《自由時報》「鬥鬧熱」、《聯合報》「節拍器」、《印刻文學生活誌》「好野人誌」、《幼獅少年》「播音中」、《皇冠》「貴寶地」。

創作出版：小說《花甲男孩》、散文《解嚴後臺灣囝仔心靈小史》、《休書：我的臺南戶外寫作生活》、踏查筆記《書店本事：在你心中的那些書店》，以及概念創作《故事書：福地福人居》、《故事書：三合院靈光乍現》。編選《那朵迷路的雲：李渝文集》、《臺灣現當代作家研究資料彙編：李渝》（皆與梅家玲、鍾秩維合編）。

2017 年原著小說《花甲男孩》展開系列跨界改編，推出電視、電影與漫畫版本。2019 年《我的媽媽欠栽培》由台北市立國樂團、TCO 合唱團與無獨有偶工作室，聯手製作為《臺灣歌劇：我的媽媽欠栽培》。

喜歡台語歌、舊報紙與酪梨牛奶。持續努力寫成一個老作家！

第五幕

木蘭花開

（歸返／掛念）

山風後書

莫澄

孤獨是一匹衰老的獸
潛伏在我亂石磊磊的心裡
背上有一種善變的花紋
那是，我知道，他族類的保護色

——楊牧〈孤獨〉（一九七六）

1

我一生從來沒見過楊牧。他的名字與詩最初的出現，是在我不用蓋棺也能論定的、一生最孤獨的歲月裡。

備受精神出狀況的母親控制與統治的我，一回到家中，就被切斷所有來自外界的聯繫，和同學講一通電話都不可能；家裡有沒有其他人類都差不多，沒有大概還比較好：唯一對我親睦的父親基本上不在家，兄長總是一臉冷漠地躲在頂樓書房裡，我知道他覺得自己就是他唯一承認的家人，而母親只要不模仿情報員，三天兩頭盤問、刺探我的貞潔，並做出譬如又把我推下樓梯之類的事，我的一天就值得為難得的安寧感到慶幸。

我唯一且絕對的自由，在閱讀裡。如果連掩人耳目地讀書的自由都沒有，我想我會在半夜開瓦斯和母兄同歸於盡。

即便如此，在文化沙漠般的南部鄉下升學主義教會高中裡面，我還是有幾個朋友。唯一和我一起讀詩的那個人，與我畫定書單、各自購入、交換閱讀。

從鯨向海、許悔之和陳克華開始，一路買到夏宇那本需要拿美工刀割開書頁才能翻閱的詩集時，也引起了她大哥和一名才子學長的注意，一起用刀具一人一本地吡吡割起書來，一起把左手都劃破然後罵髒話。

這一切沒什麼人知道，我們沉默並快樂地讀書、寫字與交換。

我從沒和才子學長當面聊過天。彼時學校公認的才子自有他人，而他是個低調著自我燃燒的文學宅，詩從不輕易示人，但就那時的印象是極沉穩、突出且富有超齡的思索性的，有時也引用和化用《楚辭》。我請朋友讓他為我評詩和交換詩集，事後擲回一張書有詩評和書評的短信，它們的評價如何早已忘記，但他千萬叮嚀的是：「要多讀楊牧。」

我當時心眼還沒開，還沒真正看過大海，但我一直記著在那所高中裡，曾經有一個在同儕間百中無一的奇妙高中生，用確定的語氣表示：楊牧是最好的詩人。

過沒幾年，我就用看似正當實則逃離的方式遠避他鄉、讀了文學系所，不知不覺來到楊牧駐足過的山丘之上，看著身邊越來越多人講述著他的詩與文。

2

它就是遺忘，在你我的
雙眉間踩出深谷
如沒有回音的山林
擁抱著一個原始的憂慮
告訴我，什麼叫記憶
如你曾在死亡的甜蜜中迷失自己
什麼叫記憶——如你熄去一盞燈
把自己埋葬在永恆的黑暗裡

——楊牧〈給時間〉（一九六四）

來到大度山時還未成年的我，依然沒見過海洋，也沒拾起楊牧。「家鄉」的概念刺激我的腦神經而被拋棄，公務員家庭出身的我，亦不曉國族與政事，無國、無鄉也無根，閱讀時追求青春的時間感與開放性傷口，覺得溫醇與永恆的詩句，從根柢上同我的人生和心靈無所相關。教文學概論和西洋詩歌、散文、小說以及六朝文學的彭錦堂老師，從裡到外、從研究領域到生活方式，就是個專攻浪漫主義的人，上課必備的教材是描述聶魯達的電影《郵差》（這已經是彭老師文概課綱的標準配備、正字記號和集體記憶），葉慈和雪萊，還有必買的補充資料——楊牧《一首詩的完成》，但我不知怎地，就是連翻都沒翻完。

與此同時，我不太寫詩也不太讀詩了，只還買從前就熱愛的詩人的作品。理由沒什麼特別之處，就是上了大學一年多，被別的老師認為詩寫得差，也就自然放棄了。還有一個朋友除了楊牧之外的詩都不讀也不鼓勵讀、只認楊牧詩風的作品，搞得我們三不五時吵鬧嘔氣。

回想起來，這些爭執的根由，有的是時間，但大都是不認真讀書的報應。

我和這個朋友一起加入滅社數年後，由研究所學長林銳、曾丰懋重振起來的沃夢詩社（當時創社元老之一的林餘佐已經畢業，去東華見楊牧了吧我想，我認識他已是六年後的事），雖然我常常主要是來研究室吃晚餐，讀詩當作順便的那種存在，連默誦詩句時嘴裡都還有無骨鹽酥雞和酥炸九層塔，但記得確實念了楊牧、羅智成，還有後來我也一頭栽進過的林燿德，忘記了有無洛夫，並親炙學長從中山大學帶來的「『壯麗的光中』——中山男宿余光中作品解構年度研討會」片段。

後來也被架著寫詩，在散文以外的場域重溫「探索自我，肯定文字，布置語意，懷疑，權衡以斟酌，掉換，試驗，放棄重來，這樣反反覆覆的工作」。彼時，我週週都在讀《詩經》和《楚辭》，寫了一首挪用〈山鬼〉的新詩，講愛而不得，直到世界結束的獨白。

那時經費不足，摺疊式的詩刊像是魔術方塊加拼圖，可以對摺個八次，拆開大概就摺不回來，但是可以擠在一塊互相評閱的詩，還有當成共同的小孩一起調侃的詩冊，就像我和學妹們害臊時的耳朵一樣，好有溫度。

所有主要社員都畢業，我也退出詩社後大約一年，沃夢詩社就又息社了。但我們的友誼至今未曾結束。還有聯絡的人都不再做夢，但有人因此更加實際、可靠，有人跌倒後找到立命之處，有人嫁到花蓮後婚姻酷烈，我們都在等她回到西部來；近半數都成了父母，有一天我們也會看見彼此變老，兒孫或寵物滿堂。

聽說，在那之後還有新的沃夢，我並不知道它是否真實存在，但無論如何，與我們記憶中那個封存青春與夢的、燈已捻熄的小小研究室，已然無關。

3

常常登高瞭望海上的船隻
看白雲，就這樣把皮膚曬黑了
單薄的胸膛裡栽培著小小
孤獨的心，他這樣懇切寫道：
早熟脆弱如一顆二十世紀梨

——楊牧〈有人問我公理與正義的問題〉（一九八四）

我們這個時代，自有我們的革命與戰爭。從二〇一四年東海文學院、社科院多系師生傾巢而出，運動的痕跡布滿紅土山丘，讓我們見識了野百合時代以來的的東海社運傳統不是說說而已，並挖出了「東潮」、「野火」、「春雷」、

「怒濤」等非社會學研究者已然少聞的名詞。

我，卻也不只我，為此犧牲了不少，和許多友人、師生與自己的原生家庭都斷裂至無法弭合了。被自己尊敬親善的長輩說是紅衛兵的時候，我很難過；母親則是不斷在怒罵我和「為了不被同儕排擠，妳也只能這樣了」的合理化心態兩端來回切換，站在旁觀者的角度看這一切，反而覺得荒謬又啼笑皆非。

然而，來到今日，我更加覺得不安，本應簡要的答案，以邏輯的剪裁和偷換概念等方式，被扭曲得越來越複雜，也是因為謊言與禁忌、道德不斷被取消和修改底線的緣故。文明彷彿進入了叢林中，美好的語辭變成包裝過的壓迫與背叛。包含這個卻也不只這個地，我對許多本來相信的事物都越發不確定與幻滅，覺得似乎要重演一些歷史，卻不知道我們正走上哪個位置，又將被後來的文明如何觀看。

「天地也哭過，為一個重要的／超越季節和方向的問題，哭過／復以虛假的陽光掩飾窘態」。

我非常傷感。

4

「你莫要傷感，」他說：
「淚必須為他人不要為自己流」
海浪拍打多石礁的岸，如此
秋天總是如此。「你必須
和我一樣廣闊，體會更深：
戰爭未曾改變我們，所以
任何挫折都不許改變你」

——楊牧〈花蓮〉（一九八〇）

「我讀李商隱的生平資料，覺得此人行徑並不可愛。詩好，品格不特別吸引人的古人，何嘗值得努力尚友？」「我們致力文學創作，雄心之一有時還是想『正時弊』，修改時代文風的缺陷……假如你不將你身體力行的創作拿出來示人，證明你的產物可能優於凡俗流行的東西，則時弊永遠存在，你再如何憤嫉都是枉然的。」後來曉得，寫下這樣雄正句子的楊牧，也被人與人的堅持傷害。

「結客四方知己遍，相逢先問有仇無。」楊牧在紀念唐文標的文章裡提到，某次回東海中文演講時，為了東風社門口明寫著歡迎楊牧和王先正的海報上，旁邊寫就的這一句詩而尷尬、傷感不已；楊牧認為他們這是譏刺之意，回頭想想，就橫心斷卻了原來很珍視的和東風社的關係。

王先正認為雖然東風社的用意為何有待求證，但有可能是一場意外。然而，「簷下倒掛著一隻／詭異的蜘蛛，在虛假的陽光裡／翻轉反覆，結網」，在這樣一個翻來覆去的惘惘時代與處境裡，先是被老友祭了旗，又怎能再要求一個有心肝的人對類似的情景豁達坦蕩。

這塊土地上、歷史裡，有很多很多人都是一樣的。各自的情節不同，結果不同，理由乍似不同，但本質上都一樣。

5

凡虛與實都已經試探過，在群星
後面我們心中雪亮勢必前往的
地方，搭乘潔白的風帆或
那邊一逕等候著的大天使的翅膀

——楊牧〈雲舟〉（二〇一三）

我不是文學的信仰者，也懷疑過文學就是巧言令色。慶幸的是到頭來雖然手上有筆、還算可寫，但凡我寫下並真正想寫的，都是失去與不捨，或者是對人的好奇與試圖理解。

我研究創傷，做訪問，被訪問，田野調查，寫下一篇對目前的我而言最重要的長散文，之後只認同寫下來有所意義的文字，也估計有些篇章將要發生。我現在認為最動人的事，是穿越不同的領域，懂得理解與跋涉。

懂得除下標籤後，飢餓化為新歌的印度留學生、班吉夏山谷的孩子、天安門亡者、林義雄的母親與孩子、高雄港外商廉價女工與我們之間雖然不同，但都是人，且根柢相依。沒有什麼是和另一個人徹底無關的。

「超越那些憂憫的時刻經驗的，還有許多其餘的具象與抽象：白髮與風雪，星星的歸宿，吳剛伐桂，葵葉滾露珠，鯖魚游泳，航向拜占庭，中斷的琴聲，一切的峰頂。就是這些時光給我的命題；更還有許多其餘，隱藏在宇宙大文章的背面，等待我們去發現，記載，解說。」

一輩子從事警職的父親退休後，去了鯤瀛詩社學詩。我實在也不敢說了解他，他太沉默了，很難確知他在想什麼，但是我們會交換書本來看。某一天我問他「你覺得台灣哪個詩人最好」時，他馬上說：「楊牧。」

我答他：「好品味。」

我們一生的思索或速或遲，都不要緊，彷彿他早在特定的那些轉角，放下了雪亮、潔白而沉樸的指路石。

6

猶豫的渡頭——
忽然就在岸這一邊看到對方倒影
於翻綯的水裡強烈震顫搖著
或許，早已經發生過了
——心化微塵

——楊牧〈微塵〉（二〇二一）

莫澄

1987年生，台灣台南人，東海中文系、中文所畢業，現為東海大學中國文學研究所博士生。曾獲全球華文文學星雲獎、全國學生文學獎、教育部文藝創作獎等，並獲國藝會創作補助。

遲來的蜂群

張馨潔

往往需要很長一段時間，才能回過神來，在那些雜沓的人群裡，找到當時的自己。

那樣好的盛放青春，我注視著同學們靈思與機警，想像他們未來將寫出哪些文字，將會以什麼樣的姿態被讀者記憶。當時的自己，舊照片連帶的舊手機，以及關於東海生活的零星記憶，可供回溯的物件，連同親情一起被我遺放在舊的居所。我記不得自己當時的樣子。

當眾人的宇宙正在生成，我的世界就那樣停了下來，如同現下書寫著那段時光，便會失去對文字熟悉的手感那般。與母親在焦慮與依附之間的極端關係而惶惶不安，相關的時空與畫面被切割成零碎的片段，焦距是模糊的，如同雨後東海的霧氣，使我看自己、看他人都只是依稀的印象。

大一時中文系辦了第一屆的文藝營，我從評審陳芳明老師手中接下小說首獎的獎狀，還有一支要環抱才抱得住的鉛筆造型獎座。散文首獎則是大二的富閔學長。系辦的素華姐還送了我一本小說，告訴我這是她最近讀完覺得十分好看的作品，題了字，祝福我的文學之路。當時有著那樣的感覺：好像可以一直這麼寫下去，而且也不孤單，大家都在敲擊著鍵盤。包子、富閔、閎立、徹俐、亞妮、莫澄等人，我們在課堂上將文字投映在螢幕上，彼此指畫點評著，芬伶老師總是會拿出寫作中的稿件，談論她的寫作與寫作日程規劃，談論自我的生命，她挖剖自我比我們還絕還深。當時的我讀著老師一本一本的著作初始，如今想來也是讀著眾人初始的模樣。

當時我在創作文類之間游移，從小累積至今對他者貧乏的觀察，在小說寫作中逐漸用盡；散文寫作卻又難以施力，尚未成形的生命圖像，我沒有指認的能力，更沒有指認的勇氣。創作對我而言難以捉摸，老師總是鼓勵我，說我是能寫的人，但我想是她錯看了。大四開始，我不再選修創作課程，避著老師，焦躁與困境裡，前方彷彿有些路徑，卻是校園中那種鮮為人知的小徑那樣曲折，我將重心轉移到課業上衝刺，而第一名畢業的那個畢業典禮我卻沒有參加，因為不曉得自己要什麼，而自己又是什麼，爾後是與家庭決裂、到彰化念碩士班、屢次搬遷、到台北創業，那些混亂的流速裡，每天的日子都在快轉與重複，我只記得這些，但大概也就是全部了。

那些轉速正常，可供回顧，無雜訊、無消磁的記憶都與文學有關，幾年的時間裡，有時候是我找到老師，有時候是她找到我。見面時老師總會問我，在寫文章了嗎？「我還不知道要怎麼寫出我與家人的事」，那可以先寫別的呀！「但不先寫完這個，我沒辦法寫其他的」。不僅是寫作，連生活都是一種凝滯狀態，片段如此，長幅如此。

很長一段時間，我無法讀字，翻開任何書本，那些字裡行間屬於創作者個人花香基調從書頁間飄散上來，同時想要書寫卻無法如願的焦慮襲來，我只能狼狽的闔起書冊，覺得慚愧難當。同學們陸續在創作上有所斬獲，我想我至少能夠成為一個好讀者，後來證明連閱讀這樣一百八十度的開展，對於一個翅膀還濕答答滴著水的人，也是難事。

後來一次，老師聽說了我的情況，她正色地告訴我，「不寫沒關係，先要好好的生活下去，先讓自己好起來」，那時我已經離開東海好幾年。

書寫的勇氣與嘗試，久久便會明滅閃動。幾年後提筆，書寫與母親的矛盾與掙扎，中興湖的決審會上，看著自己的作品並未進入最終的討論，本想先行離開，但還是強迫自己坐著聽完。評選進入最後階段，陳克華老師開口推薦我的作品，念起其中的文句：「無論是從前或現在，你總習慣仰望公寓高樓的燈光，只要窗戶流瀉出暖黃色的燈光，便相信那扇窗之後有著一個幸福的家庭，從此以後世界上暖光滿盈的窗戶少了一扇。」類似這樣的句子，那散文的名稱便是〈鵝黃色的光〉，接著他哭了起來，他說擁有真實經驗的人，才能書寫生命的艱難之處，他知道這是真的。我仍保有那場決審會的錄音，但一直沒有勇氣回放。會後我傳簡訊告訴老師這些，老師回傳，她在電話那頭也哭了。

東海對我而言並不只是那些不可多得的風物地景，卻是一種更加難以言說的情懷。走出校門，我才真正踏上文理大道，也才真正走入我的路思義教堂。

伽達默爾曾經說過，個體生命與世界之間既是走向合併，也是走向分化。與我聯繫的世界或說異己，既滋養了我，也使我得以索驥、尋找，區分相異於他者的自己，在他者中看見自我；也區分我的意識，以及作為知識的對象。最終，透過梳理、編織異己者與己合流。這樣的過程之中我用了更多的時間來觀望，來擱置。如今也才讀懂楊牧在《奇萊前書》裡所說，「許多不同的因素塑就一個他，而他果然與我相異，那些因素是當時，也是日後，造成我們對人世間凡事迎拒不一的力，那些因素在他，在我，都來自於血氣，性情，感受，經驗，原是不可強求不可諉避的。」這一來一往，我多走了十年，從觀望他人，到面對自身。

雖然胸口還有潮水漫過的痕跡，滿腔室的污泥，還有整日被各種情緒闖入，擠壓的肌肉記憶。但關於時光不一的流速，我得以較淡然處之，十年後芬伶老師為校外學生開展的讀書會中，我重新展開了自我的書寫，也重新走入東海。在老師家中，我像十年前那樣，交託自己的文字，看見同學們盛放的青春。

曾有三個月的時間，腦海中所有擱置的感受被重新串連，上班、吃飯、睡覺之外，我忙碌的敲擊出十年以來沒有說的話，一點都不疲倦。寫稿的日子，我放任蜂群飛舞，這樣矛盾的事物，帶著溫柔絨毛又戴著刺，有著晝夜二分的色彩，螫人也能釀蜜。取自草原上不知名的花朵，造出陽光下閃爍的雨露，成為茶餘飯後的小小收束。夢魘是我，安歇是我，寥落是我，想望是我，玻璃罐裡的驚喜，人們說不能沒有愛情與麵包，但他們不說不能沒有蜂蜜。但是他們也知道當蜜蜂消失，生態系統將覆滅。連帶著整個（我的）世界。

書寫在持續，創作也在持續，我更喜歡「創作」這個詞，它讓藝術表現回歸初始，創作核心不在表現手法或載體，而是創作的本質。觀看金工跟製陶，都看到創作裡面很珍貴的細節。也提醒我還有很多可以選擇的路徑，只是我沒有那麼選，但是我可能可以是，可能可以是編織者、陶匠、編劇、甜點師……這麼想使我覺得歡喜。

「我覺得我好起來了。」有一天我終於這樣對老師說，那樣的好，是雖然仍在經歷不可強求不可諉避的血氣，性情，感受，經驗，甚至是遺憾，但仍有餘力透過文字，識得自己的所在，像在那樣的綠蔭校園中，雖然幅地廣大，但不致迷路；縱然迷途，也有人給你指路。那樣的好。

張馨潔

東海大學中文系、彰化師範大學國文所畢，養了二點五隻貓，愛動物勝於愛人。曾獲2018年全球華文星雲獎散文首獎、中興湖文學獎、東海文學獎、東海大學文藝創作營小說首獎。作品散見於各報章雜誌。

風停時刻

蔣亞妮

民國不知道幾年的時候，開始流行起「小確幸」這個外來詞。小確幸於日常中，不外是對中小額發票、熱天的冷飲、冬日的熱鍋，或公車上最後一個非博愛座的空位。小確幸取代了真正的幸福，真正的幸福於是淡薄得像是都市傳說，或是徒手畫出一個碩大、完美的圓。也像是與最愛的人不曾錯過，或是沒有說謊仍能喜愛自己、珍視某人，是浮濫到底的歲月靜好，現世安穩。真正的幸福說穿了，不過是還可以覺得幸福。

現世是生活中的大事逐年減少，或是我們衡量大事的比例尺一直加寬，並不是時間在變快，而是你變得更貪心了。小確幸出現後的我，不知所起，決定最討厭小確幸這個詞，討厭低於幸福一階的所有事，我想要能閉眼、只憑手與指便畫出一個沒有缺口平整的圓。

所謂幸福，時光幻法。總得隔著「時間」才確認、篤定，原來那就叫作幸福。從此以後，不論是甜點時分、燒肉後的泡澡、牽手散步或懷抱貓狗的那個當下，你終於能識別真身，明白此刻，不同於他時。過去的也不悲傷，並不是再也遇不見了，至少大多數的時候如此。在走過許多座山頭，古道郊山、高原百岳後，才發現不管多麼吃力汗臭的山頂、百萬夜景的夜嶺，從此都是小確幸了。

從此，是之後。

我是在「之後」才聽說的，無數次騎車、坐公車再到自己駕車下了那座低矮的丘陵後，才聽說，原來「天狼星比台北更近大度山頭，而打著領帶的那些動物，很少在山上作祟」，後知後覺讀懂了那座小山，那一年，楊牧還未離世，卻也不再作新文。

楊牧也曾寫下某些片段，讓我明白，他比誰都懂得小確幸與幸福的細微差異，於是他才會寫：「在無意中，你會經過許多書本上忽略的篇章，你會長大，甚至蒼老，而且變得冷酷……當風起的時候……像退了一萬步來看一座城市，或即或離，山光水影，不知道自己身處何方，那一剎那就是最甜美的 Trance，懷抱萬種愁緒。」最最同意的一句是，請不要嘗試翻譯 Trance，英文的甜美來自它的多義歧解，Trance 就該是愁與甜的合奏。就像山頂會自己響起一段不用寫下音符也不忘記的 Verse，山上的人，是從前的我。她送我一段 Verse，叮囑我的不是記憶，而是不要翻譯。

在走過了許多其他山頭、書本與校園後的我，有時會忘了自己走到了什麼風景裡，也經常翻譯起萬事萬物，翻譯文字、翻譯他人、翻譯記憶，而這些亂譯錯譯的時間裡，圓臉下降成了冷酷與成熟的線條，以供隨時蒼老。我把這些生活的大片時光稱為風停時刻。

風停的時候，我們總會忘了讀詩、忘了某座山林、忘了虛心以待的凝視、忘了從前的戀人……但我沒忘記集滿了一千個小確幸的那日，波音巨型客機後推、起飛、穿越斯德哥爾摩與大片荒涼無人帶，那些留在島上的恨與最高的山都在底下。相比不幸，小確幸原來還是那麼親人。我接受所有無風帶裡的流浪，也接受總會回到某座山上的日子。

就像那些風起的時候，我曾經徒手畫出一個圓。

第一個圓，畫在十六歲的校園。我的東海時光，開始於大學之前，那年的東海低闊如蠻荒風景，二校區尚未建成，整片草原清晨霧滿，蛇在水與草間吐信，整座小小山頭是一片靈野，藏有魔物。再往大度山的西北，遠處有中部的海，它不同南方海的金黃長浪，也不是太平洋那端的黑藍冷海，我們的海極鹹，風腥而暖，成不了大港，也沒有沙灘。即使如此，盆地之上的小丘陵與盆地邊陲的海仍然不同。即使後來一再與其他高山險嶺相遇，不管是東邊奇萊、南方大武，或再窮極的遠山，它們都不曾超越當時大度山頭，它始終是我心頭最高一座魔山，是我一人版本的山風海雨。那時的我，總在最靜的課堂中出走，穿著制服越過沒有圍牆的中學校園，徑直走進山林之間。找一片沒人發現的草丘，躺著從坡上緩緩滾落，世界暈眩而天空垂在眼前，把自己埋在帶著濕氣的草間，直到聽見不知哪處的鐘聲，才起身拉好衣裙長襪，拍落草屑走回課堂。可真正的課堂總在遠方，我一直在準備告別，十八歲就要遠行、就要離家。有時，被人發現藏夾在髮後的小小乾草，我總會回答，風吹的。

風把我吹向另一座山，北城的郊山上那幾年，生活是鬼魅。聽說山上極陰，山路上常有單人騎士下山超速，收到罰單照片被攝下後座有人。在如此都市傳說間，我保持一人騎車、一人上山與下山，甚至為了貪快，在後山黑如月蝕的深夜，緩緩騎行。從未感覺驚懼於山中有靈，或許沒有山是無鬼的。許多年前，在一個校車緩緩駛出天色已擦黑的東海冬日時，我靠窗而坐，樹影像是鬼的衣衫，遠處灌木叢裡忽然走過一個透白衣裙的身影，我轉頭向前。那時我便知曉，山中有鬼，卻也無害。這是我山的昭示，我山的課堂。

那幾年，我確信，風始終沒有停，只偶爾怪自己，偏要走往風吹不進的遠方如塔。遠行之後，還得走向更遠。回顧那時，有一段乾冷而封閉的時間，我好像飄浮在台東縱谷和華北平原之間。一邊顧著往遠處走，一邊卻被至親的離開，拉回家島。從那時開始，我偶爾已吹不到風。聽通曉命理的同伴說，二十五歲開始後十年，我將陷落於自己的苦悶無解，或許將是一生最艱難的十年。那一年，我將將二五。在北國京城，師友從遠方探訪，就像大度山上捎來了風箏，可我這裡漫天沙暴，箏線一碰就斷，只能逃離。逃離進一間間充滿菸味和燈光不明的咖啡店，那是過往從來不曾習慣寫作的場域。敲一個字，就像疊一塊磚，疊上了，卻又有碎石從後方流塌，從那時一直疊字至今，卻只搭建好了一整座雄偉廢墟。或許，那片看不清的舊時殿堂，全不過是死者祭壇。

在另一座他人之山，高原上頭，我也試過在夜間小小酒館疊字。那一間名為「瑪吉雅米」的酒館，聽說是七世達賴倉央嘉措與情人會面的土樓，如今已滿是四方來客，在白日寺院與日光城的夜裡酒館，輪流朝心裡的聖。我翻開瑪吉雅米供遊人寫字留念的手冊，青稞酒的味道早已忘了，卻依然記得上頭的字。「世間安得雙全法，這一世，我不負如來，也不負卿。」笑了整晚，才忽然明白，每個人心中所朝之聖、所轉靈山，各自不同。站在高原，走回青旅的長夜如湖水，像回到了東海，像看到了大度山的樹木和燈火。如今想來，原來這就是懷鄉，Nostalgia，說不上是一種鄉愁，因為那時那地你才知道，生命總沒有那麼多的時間與愁可供揮灑。

那幾年，我也將在咖啡館寫字的習慣帶回家島。每當有人說起自己無法在咖啡館寫作，探究上廁所方便與否的話題時，我都全然同意。但至少那些大小座位與好壞咖啡的居所，它們從不問我從何處來，不問我寫得誠實與否，全面接受了我略帶悲傷的寫字姿勢。讓我從這方寫到他鄉，從其一看到全部。

從此，是之後。

風在這十年中間，終於還是停了下來，我沒有屈指數過時間與風的週期，或許只是因為飛得太遠。那是一座沒有山的小鎮，卻有真正的廢墟，每一日買菜或是晨跑間，總會經過聽說是二戰轟炸後殘留的教堂基座，從前的城鎮只剩幾座如禿鷲長頸般荒廢的殘骸。唯一的風，是跑步時的氣流。小鎮迎來了長長的夏季熱浪，市中心的賣場不剩一台電扇，我在房間將自己壓縮成一片海苔或是太空料理那般，先將身心的水分抽乾，以應長長旱期。小鎮的夏，十點天黑，我經常在飯後一人餵撫庭中野貓。黑貓在鮪魚或雞肉的鮮食罐旁翻肚，細長小爪偶爾在我腿上劃出血痕，樓間總傳來不知是伴侶還是錯聽的呼喚聲音，無風可以吹散，原來這才是世間的無風帶。

我不真正認識楊牧，或者葉珊。一個人能多大程度憑藉他人之字還原他人？或許並不重要與必要，我嘗試把心留給文字。他寫的奇萊山畔，花蓮舊鄉裡日人曾在的山海記憶，終戰的童年，場景不同卻有一樣濾鏡；一路到他後來待過的東海，總能與我隔著時間與校園，魔幻重疊：「離開了東海，才知道在東海的四年只是我孩提時代的延續。那些美麗的夢幻，那些憧憬都同樣疏落，同樣紊亂。」童年的終止，並不限於時間，或者更靠近一場搬遷。那麼，風也是童年，我袖裡藏著那年從草坡滾落時收起的風，在新山與舊山間、平原和盆地間，不斷繼續著那場十八歲後的遠行。童年排成了遠行的隊伍，猛一回頭，竟像送葬。

袖裡的風，在十年間已悄悄洩光了氣。聽說山上如今星星也淡，可怎麼會呢？星星從來不會在人的生命盡頭前黯下亮度，我想應該是山上的天色變得太濃，或許是風也漸漸停了，而無人知曉。魔山呼喊，我從不同的山回來又走，不知如今是近還是遠了。可總還是要等待，等十年過去，等又是風起的時候，等有人再問起髮裡的草，從哪裡來？我總要再答，風吹的。

蔣亞妮

1987 年生，台灣台中人。摩羯座，狗派女子。
無信仰但願意信仰文字。東海大學中文系、中興大學中文所畢，目前就讀成功大學中文博士班。曾獲台北文學獎、教育部文藝創作獎、文化部年度藝術新秀、國藝會創作補助等獎項。
2015 年出版首部散文《請登入遊戲》（九歌），2017 年出版《寫你》（印刻），2020 年出版第三號作品《我跟你說你不要跟別人說》。

第六幕

東風依舊

（永恆／記憶）

白宮一九七三

高博倫

研究所時，外校考來的同學也覺得大度山存在神祕的結界，難以言述的凝滯，人與人之間連結極深刻，生活緊密，入學之後就好像與外界無關，自成一個深邃的國度。

具體說東海停留在某個年代，被鎖住了，可以想像上個世紀中葉天上滴落巨大的樹脂把它永遠凝固起來。入學的二〇一〇年整個校園已經開始躁動起來，民主牆、肥皂箱越來越熱鬧，學運組織活躍至二〇一四年達到最高峰，可以感覺整個台灣的社會氣氛正迅速變化，可是那種凝滯感即便是在劇烈改變的這十年間也沒有消失過。

其中有幾乎三年的時間我住在「男白宮」，對面是女鬼橋的河溝、外文系館。白宮是一九七三年的建築，比桃園機場還老，十大建設時代的物體，美國的支持正逐步退出東海，令整個大學陷入財務窘境，只能蓋出這樣一棟豆腐形狀的簡便方體男生宿舍，舊照片看上去潔白無比，像某種七〇年代廣告上的進口塑料玩具，勉強能體會其中白派建築的大氣精神，可如今是白漆斑駁設備殘破，不堪用的木門開開闔闔，在迴廊喀喀喀格外刺耳，風吹過時都是卸落的漆渣，和壁虎屎堆積在牆垣和樓梯間。

大學裡當然還有稍微有人道的宿舍可選，可也更貴些。而且我實在太喜歡住在白宮的學長亨利，所以我乾脆帶著枕頭和被子搬進他的房間，整晚聽他講小說和電影，我必須珍惜，同樣喜愛文學的同好真的很少。聽他講著高年級的各種文學研討課，我常是既興奮又期待，尤其是德代傑（David Decker）的課讓當年的我嚮往，聽說楊牧叫他「阿德」。亨利說阿德會穿華盛頓大學的T恤，帶著一把吉他上浪漫主義詩歌，就是個西北岸的老嬉皮，或率領大夥到文學院的榕樹下講詩，所有愛好文學的學長學姐都在他的教室裡，雖然都很小眾邊緣，不是夜店掛，可我好喜歡聽他們討論文學作品，現在回想，也許那就是初次靠近文學的幸福感。

白宮的好處感覺更多還是偏向精神性的，對小文青來說，總之把所有的角落堆滿書籍就是理想的起居空間。正式搬入的第一個秋天，我們被換了房間，住進了彷彿七〇年代後就再也沒住過人的鬼屋，必須花整個下午把新房間的蟑螂蛋、壁虎屍骨從櫥櫃、衣櫥裡清出來，至今都還記得它們在手中的觸感，生命已逝、乾燥易碎的痕跡，隨時可以化作塵埃。其實整個白宮都正如這些屍骸、蟲卵一點一滴隨時間消去，房內的牆漆剝落後的細沙讓地板怎麼刷也刷不乾淨，把書本和馬克杯都抹上一層灰。並且這裡至今都未曾裝設過空調，窗口的設計也巧妙避開所有方向的風，七〇年代的建築師恐怕也不曉得未來世界的熱帶夜會如此之多，如此之難熬，好幾次讓我們在半夜兩、三點被熱醒去沖澡，在淋浴間看見誤闖的螢火蟲，也很虛弱，黏在濕熱的牆上微微發光。或在某個星期天炎熱的早晨昏睡，被教堂的鐘聲噹噹噹吵醒，濕汗讓衣服緊緊貼在身上，開始放空幻想，或許熱帶的修道院生活大概也是如此。晨間如中午時間的盛夏，沉悶無風，在浴室刷牙，頭腦被熱得停滯，也不知道自己刷了多久的牙，忽然從破窗看見滿滿樹叢的綠繡眼，不誇張，綠色的小鳥盤據整株小樹，好壯觀的景象，我趕緊漱口水，奔出去想看個清楚，卻只看見那棵孤零小樹，方才的鳥群已經不知道飛去哪裡。

那段白宮時光也是我開始寫作的頭幾年，基於某種儀式感也就順便學習菸酒。酒還好，因為也沒錢能買到什麼酒所以喝得不多。彼時大學還有許多森林空地可以合法抽菸，第一次抽菸不懂事，我直接在白宮後方的相思林吸掉大包便宜的菸，後勁太強，昏睡過去，不知道睡了多久，醒過來時白天的課都已經蹺光，東北季風吹起，白宮頓時變得暖和可愛，可我也弄丟了高中時配好的眼鏡，浴室、走廊、相思林尋一遍都沒有。

我也真是太窮，乾脆就不配眼鏡了，隨便買了廉價的隱形眼鏡。具體來說真的很窮，剛開始寫小說時，也難免需要咖啡或綠茶保持思路清晰，那時甚至還不會喝酒，還是經常不小心就把整個月的伙食費花個精光，然後開始向朋友、家人借錢度日，什麼都靠別人幫忙。如果手機費都繳不出來，還要跑到公共電話亭打電話要錢。高中開始就有個年紀將近三十的網友，總好心送一些我真的買不起的詩集，然後借我用他的數位相機，但我都還沒還給他，照相功能更佳的智慧型手機就鋪天蓋地點亮台灣。我們約在西門町見面，讓他請吃飯，結束後我就搭車回家，他也總在月台目送列車離去。可我始終不敢跟他要錢，我知道我開口他一定會幫忙，但還是天天守在郵局提款機前等家裡匯款過來，拖了好久，戶頭都只有十幾塊，連續好幾天只吃便利商店的白吐司，悠遊卡的錢少到連公車都上不了。

真的窮怕了，我才開始到補習班教英文，憑著在餐廳端過盤子的履歷，什麼學位都沒有就自薦上講台。我才大一，所以剛開始真的很緊張，只好用「呂赫若也是在這個年紀開始教書」鼓勵自己。但能教書的時數真的還是太少，沒課的時間要寫小說，外文系課業繁重，書讀不完，essay 趕不完，我還寫刊物、跑異議性社團，想做的事情太多，甚至常常沒有睡覺，補習班一個月能賺到的也因此不過幾千塊，最後還是得一直向補習班預支薪水，老闆都覺得煩。

在白宮起床的感覺，常是如此渾身悶熱無神、羞恥又飢餓。可想起許多文學巨擘的生命處境可能更加挫敗，便又提起精神，厚著臉皮去教室聽基本上要被當掉的課。有些課真的是太常遲到，雖然外文系真的就在白宮的對面而已。阿德的老汽車就停放在系館外的幾棵夜裡有貓頭鷹的松樹下，駕駛座的車窗似乎是壞了都沒關緊，我曾因好奇心驅使看進去，一股汽車內部常見的悶熱氣味，好幾本散亂的舊書，還有大把的鈔票零錢隨便撒在座椅和地墊上。

我感覺這應該是某種「精神」，以文學為生命核心其餘一切都可拋除的氣度。或者說，我覺得阿德恐怕也被徹底困在七〇年代的大度山了，我甚至無法想像他使用智慧型手機的樣子。不只阿德，整個外文系好像真的封存了東海早期的某種狀態，與世隔絕。硬體上當然數十年未有太大變化，包含外文系在內的許多老建築有很長一段時間都沒有冷氣。教職員宿舍也停留在某個年代，一個剛從美國來的教授有次上課驚恐地對我們說，自己差點被臥室掉落的天花板砸傷，房子太過老舊，到處都有東西要修補。

系館內的生活也異於外界，主要使用英語的文化，就已經把我們和其他學生隔離起來。在窗戶都很難打開的老教室裡，低年級許多課程偏向遙遠的古典，讀希臘戲劇、神話和聖經。印象很深的還有楊瑛美，跟著她，終於認識了幾部重要的希臘戲劇作品。現代的文本也常常是上個世紀的經典詩歌和小說，有次讀了美國作家 Shirley Jackson 在一九四八年寫的小說《樂透》（*The Lottery*），覺得故事很震撼，我們在這老舊的房舍裡使用他者的語言討論他者的文本並且深受感動，那種快感也是來自某種時間、空間錯置的氛圍。有時聽課聽到一半，都會覺得不太認得外頭的世界，走出去外文系的院落都有種穿越時空的錯覺。

封閉的系館和白宮一樣，保留了舊時代的味道。Carpe Diem（活在當下）是外文系的交誼空間，裡面賣咖啡和零食，是大家討論作業、耍廢的咖啡廳，很多人三餐都買回來這裡吃，自成一個生活空間，看起來也很像老電影中的小餐館。外頭的院落裡還留有印度籍教授栽植的花圃，已經長成小有規模的花園。庭園中央的榕樹下還有一張白色石椅，我們都叫它Mr. Shepherd's Bench，紀念第一代外文系教授Mr. Ivor Shepherd，是英國人贈送長椅的經典習慣。他幾乎也是戰後台灣第一代的大學教授吧。我未能有幸聽到他的課，但他的名字還是經常在系上被提起，好像他始終都還在大度山。他在二〇〇五年留下這首詩：

SEAT OF LEARNING

In summer time an old, old man
Would sit on the bench by the village green.
On sunny days he was always there ---

Part of the pleasant rustic scene.
One afternoon a young boy asked,
"What do you do here every day?"
The old, old man looked up and smiled
As he considered what to say;
"Well, my lad, it's like this here:
Sometimes I sits on this bench and thinks;
But when I can't think what to think about,
Why then I just sits - or has forty winks."

May all who sit here strive to muse
On lofty themes of lang. and lit.
But if such striving is in vain,
Then be content simply to sit,
Open to thoughts and dreams that come

Unbidden to the tranquil mind -
For cultivating hours of ease
Is vital to the soul, you'll find.

Thus to this bench keep on returning -
Your seat of rest and seat of learning.

我們可能都是詩中那夏日時光的年輕少年，帶著各種振奮和困惑的心來到長椅所在的這片土地。楊牧應該也曾是那樣的少年，阿德也是。阿德說起華大的反戰運動，大學生留長髮、占領公路，我們總暗自猜想他自己應該也是那群嬉皮之一。或許我們也都還是那樣準備振翅卻依然充滿疑惑的少年。

後來他們也成了詩中的老人，我不曉得他們如果現在仍在思考，會思考些什麼。他們都生活過七〇年代，走過冷戰，看著蘇聯瓦解，白宮勝利。他們生活過台灣的戒嚴肅殺，走過貧瘠的鄉村，看著整個世界蛻變成今天的樣子。整個東海也確實是冷戰產物，外文系本身更是。所謂的「外文」，是以美、英、西歐文學及語言為主。冷戰確實是讓人著迷的時代，甚至對我們來說，冷戰可以說是當代台灣的某種源頭，我們熟悉的文化、政治和經濟型態基本上在當時萌芽發展，逐漸成為現在的模樣。或根本說我們現在認知的整個世界也都起源於冷戰時期，好像冰河時期結束那樣，解封，一切都從頭來過，重新繁榮。

冷戰時期作家筆下的東海經常是理想主義的國度，現在看來則是戒嚴的封閉以及台灣經濟劇烈變化下的心靈狀態，有種隱性的奔放力量在醞釀，一點也沒有現代主義的孤獨，也不厭世，反而對將來充滿嚮往和希望感，樸實而且真誠。我不確定我們所處的此時此刻是否真是他們青年時代所嚮往的未來。

到了高年級，阿德開的每一門課我幾乎都修。他在外文系經營的劇場我也去軋了一角，小大一只演了個搬運工，劇本是《埃及豔后》，亨利飾演的是羅馬將軍。整個系在許多方面都還停留在過去，也許是慶幸的吧，堅持十五人小班的文學討論課讓許多同學到現在過了將近十年都還是好友。阿德最後的幾堂課，我們上的是狄更斯最後一部作品《我們共同的朋友》（*Our Mutual Friend*），這書名好像也隱喻我們的關係，阿德是我們的共同朋友，正如同這裡許許多多創校以來的學者和文學家，我們之間都有共同的友人，我們在這彼此相連。他所發的最後一次課程大綱有段寫著：Let’s not worry much about critics who either love it or don’t, and let’s be proud of our own reading and evaluation of *Our Mutual Friend.*（別擔心喜惡分明的批評，要為自己對這本小說的閱讀及評價為榮。）接著他的健康情況便急速惡化，學期都還未結束就停課。預計下個學期要開的愛爾蘭文學，我們本來都很期待，可他再也沒回來上課。課程就這樣中斷了，我也沒將《我們共同的朋友》看完，總覺得這是一本他刻意精選的小說要來作為我們的禮物，可我也一直沒找到動力去讀完。我們經過了他居住的木屋，前門依然漆著愛爾蘭綠、白、橙三色國旗，可是很明顯他已經不住在裡頭，這裡已經變成空屋。不久他寫信回覆了一個學生，說他已經回西雅圖養病。不過在這裡我還是遇到很棒的文學教師。

可我當時想像中的文學應該是「動態的」以及「實踐的」，我也不應該擔心別人對我心之所向的喜惡，應該引以為榮。我試著擺脫白宮和系館的陳舊氛圍，也暫時遠離蔓延整個大度山的凝滯感。我做了更多選擇，搬出白宮，住進台中市區，投入補習班教學並且休學來寫作、學運，讓自己和這塊充滿歷史塵埃的學院暫時斷了聯繫，回到真正的現實之中。許多深夜接近清晨的時間，我在台中舊城遊走，無意間發現更多七〇年代的遺跡，那年代繁盛一時的百貨公司現今也都成了廢墟，夜色中更顯高聳巨大。然後我也學會了不少事情，其中包含喝烈酒是滿幸福的事情，比啤酒便宜，更容易醉，一大瓶可以喝好長一段時間。當時的心裡有一塊巨大的憤怒推動著我的許多決定，好似沒有來由，對所處的世界充滿質疑並且想盡辦法要挑戰各種界線，偏激的語言遍及當時寫的小說。

我也獨立了，至少經濟上已經沒有太大煩惱。到了現在，幾年過去了還是回到東海，跑到中文系讀研究所。中文系位於新建大樓之頂，空調吹好吹滿，淡化了老東海殘留的舊時代氛圍，炎夏涼爽，視野遼闊，沒了傳統院落庭園，卻多了寬闊的天台，視線竟超越了大度山茂盛濃密的森林，越過神祕的結界遠眺市區越蓋越多的摩天高樓，以及越來越模糊的中央山脈。中文系當然也有自己的劇場，有時排練場地就在白宮隔壁的紅磚樓裡，必須常常經過。鄭捷後來也住進了白宮，他在捷運殺了好多人，伏法槍決後，整個白宮也就被封鎖線圍了起來，徹底荒廢，結束了它的七〇年代。少了居民，白宮的牆面更加灰暗，壁癌肆無忌憚地爬，窗面逐一碎裂，冷戰時代的美國白派建築頂端都長出樹苗，而且還不斷旺盛地生長。

很多後來的人都忘了它叫男白宮，傳說這是一棟鬼屋，實在難以想像這樣的宿舍建築可以住人。確實我也覺得不可思議，以前居然可以在這裡住上三年的時間。它可是我文學啟蒙的起點，後青春期的家。明明十年不到的事，感覺已經過了好久好久。

高博倫

1992 年生於台北市。東海大學外文系畢業，現就讀東海大學中文所文學創作組。曾獲教育部文藝創作獎小說優選、中興湖文學獎小說首獎等，並曾獲國藝會創作補助。作品散見媒體，著有《其實應該是壞掉了》。

不抵抗樹影

許閔淳

從東海搬到市區，扔棄許多物品，迅速地將軌道接上另種生活，以自己的另一面開始轉動。黃昏拖著塌陷的影子走出大樓，夜裡才發現遺失了散步之處。行走在勉強稱作公園的狹長所在，身旁大樓環繞，車子不斷流過發出嗡嗡聲響，兩側稀薄的黑板樹，寂寂吸納城市噪音，投出一抹素描也似的影子。明明獨自行走卻莫名感覺擁擠起來。

想起東海的老榕樹、相思樹林、南洋杉以及鳳凰木，我記得它們分別的模樣，某棵榕樹的根部似老者盤腿，某個路段的樹木右下方有小小如口袋的凹陷。正在進行復育整治，而被施工圍牆包圍的東大溪，一旁雜亂生長的枝葉草叢上，曾顫巍巍掛著一人字形的大樹枝，風吹時便輕輕晃著，每次經過我都會抬頭確認它是否還在那裡。施工牆上的布幔訴說著相思樹林的老化、東大溪畔樹木傾斜角度、樹基脆弱破裂、蟲蛀、大型真菌附著、樹液外流，列出要再種植的常綠型、紅葉型等補償性樹種，十至十五年後，樹木結構能夠從曲線圖上不利的鐘形成為穩定的反J型。

那時，樹會變得更多嗎？投在地上的樹影會更加放肆多姿嗎？

在東海生活的日子約莫十年，如果有一個屬於我的各方面曲線圖，那會是怎樣的形狀？大學與碩士畢業後，又因工作仍黏著於此。在這裡生活久了，校園便像一個專屬花園，即便早已不住在校內宿舍，仍經常沿著東海別墅的小路走入裡頭，見證好幾個荒無人煙的長假校園。割草機總是在此時穩定而低頻的漫走，啃食過高的青草，整個路段便瀰漫著淺綠色的氣味。那氣味據說是草向夥伴發出呼救時而散發的，卻經常使我感到一種屬於年輕的孤獨。

這種淺綠色的氣味像是，好像只要在這個地方，自己便能夠隨著割草機的聲音又年輕一點點，也因為如此，經常錯覺自己在這裡已經足夠老，卻總是能夠遇見比我在這裡生活得更久更老的人，而他們又總會告訴我哪些人在這裡更久更老，如同一個又一個俄羅斯娃娃。

在這裡生活的日子，究竟是喝下縮小藥水還是吃下放大餅乾呢？

其實打開東海的記憶盒子，裡頭魔術般的底片是抽不盡的。那麼這次不說那些已說過太多的人事，來說說影子吧。路思義教堂在夜裡成為一巨型屏幕，地燈流出強韌溫柔光暈，一旁的草皆成金色。經常有三兩人群聚集光前，擺弄姿勢，琉璃菱形磚上，讓自己的影子縮小或放大，牽起手，串連成另一種動物。有幾次也和朋友一同玩過這樣的遊戲，看著自己的影子拉長，觸碰到教堂頂端，那是真實的我無法觸及的，但大都僅是在散步之時，遠遠看著那些玩著影子的人們，心中便被一些溫暖愁涼包縛。

想起東海，最常出現的便是這巨幅皮影畫面，恰似一個屬於它與我之間的成像。在年輕的歲月遇見它，此地如此抒情，草木石子皆有了情意，卻也因如此，總是隱約知道：我會離開此地。離開此地，讓一切漸漸立體起來，所有影子便有了另種理性依附。

大學時期有堂開在晚間的現代詩課程，老師領我們寫一行詩、藏頭詩，並於下課幽幽點起菸。稀疏的同學石子般散落各桌，教室內宛如淺溪。老師時而朗讀《千曲之島：台灣現代詩選》上的詩句，目錄上第一位詩人是楊牧，我們讀〈讓風朗讀〉、知名的〈孤獨〉、〈延陵季子掛劍〉、〈夜歌之一：如何抵抗樹影〉。當時的我應當還不完全明白何以樹影需要抵抗？東海到處都是樹與影，我們隨時都可以走入樹影，沉溺樹影，每夜都可以在那夜裡發光的教堂屏幕上讓自己的影子抽高或縮小，隨時可以變形與演出。

隨時可以讓自己沉入樹影。後來不再住在東海的日子，某日獨行，小巷內一叢因為燈光而顯得特別深黑，像是被精心描繪的樹影，攫著一輛乾淨雪白的車，那畫面令我想起童年時曾在繪本上讀到一隻章魚，牠盤踞漆黑海底，無邪地緊緊擄著人類發光的靈魂。那台平凡的車忽然脫離它的物質本身，被樹影賦予生命與個性。那樹影似有了意識的紋身，不斷向窗內座椅延伸、盤桓，幾乎要抵達一輛車子的心臟，但也許只是我肉身裡的心臟。再往前幾步路，同條巷內，生長得十分巨大的構樹，被上方不知為何加裝的強韌黃光照耀著，風吹拂過來，滿地的樹影浪般晃動，我瞬間又置身在東海，沙沙沙的樹聲漫湧而來。

從池水般的影子游出。曾經迷信影子，現在卻知道它具危險，能將無心化作有心，以無形淹沒有形，漸漸懂得將它視作一幅單純而美好的自然現象，懸於心室之外。

去年夏至，月亮運行至地球和太陽中間，據說下次再在台灣顯現是無法抵達的二一一五年。我先是在東海別墅住處頂樓張望，而後到校園裡人文大樓H大與朋友會合，一路上所有人們幾乎都仰著頭，天空晦暗不明的奇異色澤，確實有了古人天狗食日的詭譎。一進到東海校園，即刻被滿牆滿地半弧形狀，宛如千萬個風中浮晃的微笑影子給懾住，像是曾看過的舞踏舞者臉上邪媚的笑，又似千萬片響著笑聲的鱗片。放眼望去，校園幾近無人，魔魅空氣盤旋，人們似乎皆群聚於樓頂，我邊走邊拍照錄影，亟思留存方法。這是離開東海前，它贈予我的一份厚禮，我也深信這幅撼動的景象僅東海所擁有，是樹讓夏至的影子如此魅惑。

抵達H大之前，那些月牙狀的樹影便水波般散去了。東海所攤敞的，也許便是這麼一塊影子的馬戲團，有人以影吞火，幻化成其他物種，又或簡單如以抽高的影子觸摸路思義教堂的頂端，那都是真實肉身無能之事，像是身處劇場，便能召喚些什麼。

而在東海學習文字幻術之初，曾參與過幾次，原先由F師課堂衍生出的詩劇場演出，那是一個以詩句（意）與肢體支撐起的舞台，完全無真正劇場經驗的我曾多次身心疲勞，然而事過境遷地回憶起，倒也擁有了一番奇異的懷念滋味，課堂上帶領我們的學長姐播放Pina Bausch的舞蹈，《春之祭》的血紅，《穆勒咖啡館》的歪斜皆在心上留下痕跡。

其實真正想說的是後台，那向來是在劇場中稱得上最喜歡的部分。某次在前台演出部分完全結束後，精疲力竭地將自己弓身於一座鋼琴下方，聽著舞台那方傳來低沉而神祕的配樂，紅光散落進來。人們雙腳走動、定格，有人在更後方不斷默念台詞，翻動紙張，這些細碎聲響隕石般環繞著我，我安全地沉睡過去。後來這片段成為我在詩劇場經驗裡深刻的回憶。一起在舞台上走步、念出詩句的那些夥伴，許多是當年在創作課堂上生死與共的朋友。

東海於我也許亦是一個如若後台的所在吧。

後來繼續碰頭、不再碰頭的朋友，皆幻化為記憶中魔幻的人影。

在這帶居住的人都知道，若是秋冬時節，從台灣大道過了東海橋，氣溫會顯著冷涼，風勢增大。我擅自決定從此處開始為大度山、為東海，多影多風的魔幻地域，繼續往那傾斜的路面前行，校園的紅磚牆（據說原本的設計是白磚牆）便會出現於左處。從外觀而言，確無新奇之處，也許有些人日日經過也不曾想踏入，那也無所謂。在心底我知道自己愛著此地，也因此有時驕傲，且自以為是地認為並非所有人都理解它。

中文系的老師曾籌劃一個「畫中遊」的活動，將東海校園設計者陳其寬的長幅畫作《陰陽》印於布面，讓畫以柔軟之布呈現於東海的樹木之間。以海邊的房子、月亮開始，進入山中綿延不斷的房間與院落，晦匿而復敞亮，如月陰晴，浮雲蔽日又豁然開朗，綿延之卷軸最末迎來靜謐太陽，山、海與隨時可以悠然划開的小木船。這個活動之後，找了陳其寬畫冊來看，了解何以東海優美而隱晦，幾乎是《陰陽》畫作精神的具體化，時而光線明媚，時而昏暗沉寂，一段路時而迎來的並非另一段路，可能是一面牆或另個被隱蔽的空間。

這座校園其實夾雜、糅合了多元的建築語彙、政治因素，以及戰後更開闊的想像。然而僅在我心中成為某種模樣，它究竟遮蔽或揭示太多屬於我的祕密了。在這樣陰陽交織的時間與空間，適宜讓影子飛散，在狹路中變形，再反覆迂迴的行走中任其壯大，溶進漆黑再離析出來。這是如此神祕的一座校園，曾在夜裡看見白孔雀忽而開屏、跳耀的乳牛、山羊。那段可以揮霍時間的歲月，一次次地與友人於夜半從校園散步到外圍巷弄。

幸好草木有情卻無語，不曾洩漏什麼，大風體貼的吹散一些身影。

會有一隊搗碎了隊形的樹影
在我們完全辨識以前，遽爾
占領你的窗
而這據說是無妨的
只要他們不留足印在雪上
並且準時撤走
靜靜地撤走

——〈夜歌之一：如何抵抗樹影〉

在那樹影繁密的歲月，我們究竟談論了些什麼？又做了些什麼事情呢？

離開東海前，曾和朋友們相約到校園中無有人煙的祕密草坪看流星雨，我們喝了點小酒便躺了下來，似乎快樂地聊了些什麼，卻也都忘卻了。起初天空一片漆黑，似乎沒有人預期能成功看見。後來不知是誰先指向天空說，啊好像看到了。爾後陸陸續續所有人都看見了。一顆又一顆流星刷地飛下，身處校園的我們都有了不真實的感覺。

那些樹影繁密的歲月，回想起來，其實並不真正和誰談論什麼，更多時候任憑自己走入散漫的時間感覺，讓自己搭車到海港，走許久的路，浸泡於電影。或是讓影子嘗試各種形狀的練習（不經意則可能無法復原），一次又一次的創作課堂，文字像是無形引力，也像一種影子，依附著它，說出平時不說的話，隱蔽的念想，觸碰些現實無能觸碰的，但也僅止如此。當時對於文字，其實是懷疑多於信任，然而終究還是寫了，像是一邊撐傘一邊淋雨。

搬離東海，確實地知道某個時期的自己跟著消失了，隔了一陣回去竟很快有了近鄉情怯的感覺，相思林後方，碎石子道路堆滿了兩旁砍下的樹枝，以及廢棄電線杆，東海別墅的店家如預期地又有了物換星移，東大溪的工程綠皮圍牆依舊敞開雙手般，圈著需要復育的土與木，夜晚可以在側邊看見閃爍著施工用紅燈的內部，幾部怪手挖掘出深深的凹陷。

它會更加年輕吧？

想起一個因為松鼠跳進變電箱而停電的夜晚，宿舍裡的人們皆提著手電筒走出房間，散落走廊隨意聊著，我和室友決定走到榮總樓下的便利商店買養樂多，回程的路上冰涼而酸甜。因為接了通電話，沒和室友一同回到房間，獨自在宿舍周圍邊走邊講。記得那通電話講了許久許久，幾乎沒入深黑，終於掛斷而回程的路上，忽然之間，一隻似貓的生物咚咚咚跑過身旁，牠轉頭看了我，便甩動尾巴溜進漆黑樹叢。愣住幾秒，才意識到原來我看見的是白鼻心，那是第一次在東海見到，又以如此近身的距離，興奮地傳訊息告訴K，他回我：「你相信嗎？我之前經過牧場時，看到裡面的乳牛在跳動。」「少胡說了。」「真的啦。」

後來還有一次，也是於深夜，還未整治的東大溪附近，一隻白鼻心與我四目交接便快速沒入樹叢，也許牠知道所有我與東海之間的祕密，若有機會再見到牠，我將不抵抗牠所帶來的所有樹影。

許閔淳

1991年生，相信夢裡有真實，真實裡有夢。曾獲梁實秋文學獎、教育部文學獎、打狗文學獎、中興湖文學獎、東海文學獎、西子灣文學獎、中區寫作獎項、蕭毅虹文學獎學金等，著有《地底下的鯨魚》。

山的背面

黃家祥

想起東海，記憶潮濕而有霧。時光如同鑿開的泉水嘩啦嘩啦地噴湧起來，河水般匯流成奇幻故事裡，一座足以許願的湖泊。偌大、神祕。湖中好像有過女神，往而復去。從此以後，我用文字記述它的方式彷彿不像回憶，而近乎虛構。我想起停留在這裡的原因，一開始是為了逃逸。逃離數學。逃離理化。逃離平庸。逃離如今已迢迢漫漫彷彿前世的高中。逃離黑板上一天天倒數而竟像是圓周率不曾數盡的大考天數。終於能在一堂亮晃晃的課程上，理直氣壯地展讀一本小說。

我閱讀的啟蒙不算太晚。小一小二有母親從推銷員手上購得的整套全彩外國童話與來自日本或北歐的繪本。小三迷上《哈利波特》、《怪奇馬戲團》等時下流行的奇幻小說。國中是倪匡、金庸；高中則是村上春樹與翻譯文學。我因著一份幻想，有些糊塗地填上了中文系，卻不曾想過自己是一個能寫的人。似乎並無什麼話要說。沒有什麼是必須說的。閱讀全然是無目的、無利益的純粹的幸福。「本質上不幸的創造產生了本質上幸福的閱讀。書是黑夜，但它會成為白日：一顆不會發光的黑暗之星平靜地給出了光亮。閱讀就是這平靜的光。閱讀把不屬於光照秩序的東西轉變成了光。」這是布朗修的說法。後來，我是在芬伶老師的課堂，循著開課的書單，在讀與說之間，穿越光照的隧道，反向發現了自己的寫。

某些詩句開始闖入得極突然。「在夢的邊界，我不能睡，」二十歲的我說。第一次因詩而獲獎。我想像在夢的浪潮輕輕推晃的邊界，必須撐持著身體，記錄夢境如煙消逝的輪廓。二十一歲的我想像一架星辰中孑然一身的末日孤艇，為尋求新生與對女神的信仰，行過《楚辭・九歌》中的章節，四顧茫然，漫漫長途，「時間的湧泉，使人如此乾渴」。那些字句彷彿都有個對象，像寫一封長而又長的信，卻未曾投遞。最後敘事長詩成了抒情的輓歌，想像中的身影離去，兀自還有個聲音喃喃追悼：「自眷愛走向離棄，從此不再為彼此漲潮。」

之後有詩社。詩劇場。詩性的小說。詩帶著我走了好長一段路。

我記得那些為不同理由或沒有理由而上的課堂，為文字，及其內裡可能的意義的誕生，不捨晝夜地掙扎泅泳。在許許多多繳交作品的前夜，努力刻畫單獨一段其實頗為蒼白的經歷：有關匱乏的經驗。受挫的經驗。世界被隱去了它神祕的一部分而使得第一人稱「我」沒辦法（不被賦予、不被允許或晚人一步地）去揭開的經驗。因為無法在日常，將自己作為一自然之存在來體驗，在試圖以感覺、以分析的方式索解一個自我的答案時，「我」就像斬斷的頭顱般硬生生地掉了下來，成為一個怪異的客體。它悄悄地滾過人群，我只能無助看著那顆頭顱在世界面前表演、回應或沉默。身體四周逐漸發展、布置出一道淺薄的膜，如同自體免疫的防衛機轉，藉此重新安排他人與我的距離。距離維繫了自我感，但也屏蔽掉別人的聲音，那股聲音於是變得有點悶悶的，像是深海慢速傳過來的音波，其中已經損失掉很多內容了，只有模模糊糊的波長鬆散抵達。頭顱說著什麼，我是全然無知了。離開眾人的目光，回到房間，彷彿一隻濕淋淋上岸的小狗抖落身上恐懼的水珠，把這些那些謄上紙頁，像初習雕刻的學徒一片一片地，終於削拭、斲傷了現實的肌理。我記得某次寫作課交上作品後，一位同學直言，這一看，就知道是坐在書桌前寫出來的。我無言以對。我以為他真正的意思是：文學並沒有大於或高於現實；文學來自現實。他的意思是，現實生活中你自己的不在場。你和你那幻想的遊戲。

是啊。那時，在那座離市區總有些距離的山上（事實上，它也除了距離，未曾予我山林草莽之感），我幻想許多事，卻沒有能力去實現任何幻想。渴望得不到的東西，並為了得不到的痛苦而感到欣快。向自己承諾，又在之後靜謐流淌的時光中任之破誓。單戀一些人，像一個個飄然遠去的美夢，因為從未發生，也就無須去戳破。能夠在校園的每個角落收穫自己的憂鬱之果。我以為那是一種自由。因為一無所有而被允許擁有的全部自由。

但最初，大度山的日子，大部分是無關文學的吧。帶著比書更多的桌遊來到校園，籌辦社團，因一些細故齟齬而心灰意冷。更多地走入影像編織出來的光之密林，為那些從螢幕上款款擺擺流經面顏的光影聲色而蒙上一層被理解與受祝福的感受。夜裡無憂，深沉睡去。我認識的導演多過作家，約翰．卡本特、大衛．柯能堡、雷利．史考特。我看砍殺片、怪物片、科幻片：《異形》中船艦組員坍縮在太空的無聲尖叫、《銀翼殺手》冷光夜雨交錯的近未來洛杉磯、《極光追殺令》鐘擺靜默、陷落在黑暗裡的虛造城市、《突變第三型》支離碎解的肉身盛宴。電影陰鬱愁慘，總有大面積的黑，暗蝕人臉、蔓爬身體，光亮因而變成一道憑藉幻覺打出來的微弱信號，像海面彼端遙遠得近乎淡漠於景色中的燈塔，等待某種虛無的希望入港。王家衛、楊德昌、是枝裕和、溫德斯、塔可夫斯基、安哲羅普洛斯……都是後來的事了。

對那樣的我來說，白日的校園簡直是不可承受的。太陽豔麗得刺眼，走在路上，教室的玻璃窗、路旁的金屬欄杆或汽車鈑金的反射表面彷彿覆上了一層薄薄的、細細的雪，恍然有一種雪盲的錯覺，令人暈眩。原來這就是大學嗎？廣袤的校地，從第二校區的東海湖起步，往第一校區相思林的緩坡行去，宛如魔戒遠征，真就是「大」學啊，我心裡想。更往上，交通雜亂、人車挨擠，容受諸多大學生、工業區上班族、移工與各類店家商販，卻又有一種生機勃然在其中的東海別墅商圈，葷腥的熱水沖過鍍鋅銀白的水溝蓋，聲響嗡嗡錯綜，氣味有些雜沓。駛入這條狹路的大公車像是一隻透明體腔的深海怪魚，後頭亦步亦趨地跟騎著宛如盤附共生在大魚身側許多小魚的機車群，停停走走停停。整條往上蜿蜒的新興路在深夜流下一道道店家打烊後洗刷的水瀑。

如何可能沿著那條從黑夜徐徐地流向白日的河流，從午夜抵達黎明，從一個一個不相連續的幻想的洞穴，磕磕絆絆爬向現實的嶙峋路徑？徘徊在校園的時候，我開始重新察覺每一種情感底層的樣貌，像是音量莫名被開到最大聲的一隻黏滿絨毛一副要把周遭任何微小的聲音粒子都捕捉，俗稱「蹦」（Boom）的收音麥克風。一絲美好的降臨引起的痛楚，一些微微的善意引發的歉意，一張緋美的臉孔引致的低迴。我察覺許多綺思。意淫。怨憤。苦毒。喪氣。與失措。悲傷是底色，嫉妒是毒藥，而快樂是痛苦。也許我只是渴望進入一座迷宮，但並不急於尋找出口。還是我與我那幻想的遊戲。

一天凌晨，PTT的黃黑頁面跳上臉孔。原來只是在電影版、笨版閒逛，或為joke版那些爛笑話吃吃竊笑，像誤入上下引文的中斷脈絡，八卦版即時轉播的內容卻使人心生憤怒，血液奔淌。並不真正明白那是為了什麼，但感覺有一陣風從身後吹來，乘著這股風勢，或許肩背後面會長出翅膀也說不定。隔日，校內的教授們包下一台又一台遊覽車。同住一棟樓的朋友們紛紛相約壯膽，步上車去。夜黯的國道，我們安靜聆聽組織的同學叮囑與留下各類聯絡方式：系上老師、同學、法扶、法律諮詢專線，慎重謹記被架離現場、押留警局的應對方法，等等、等等。我與幾個朋友，沒有任何對運動的認識，只是臨時起意就上了台北，守夜靜坐，在離主戰場甚遠的地方。我們沒看見任何水車或鎮暴警察。黎明，有過一陣推擠，警方強硬卻未有電視上毆打架拐的動作，學生反而喧聲挑釁起來。早晨，身邊一個朋友說，他想離開了，我不無尷尬。暗忖：就這樣一夜而已嗎？朋友覺得，警察並未逾矩，有些人刻意引發衝突，他感到失望。我不能說什麼，畢竟我與他一樣困惑。卻想起六八學運的標語：「讓我們務實點，要求不可能！」難道學運與陳抗不正是去「要求不可能」？難道不是自此之後，現實被劃歸到幻想那邊去了嗎？現實堅硬的板塊終於，也總算，鬆動了？且塗改往後我們對政治的認識？

可回到校園，我仍是如此清晰地了然，幻想與現實之間橫隔著一道名為「行動」的距離。人生憂患識字始。能做的是那麼地少。寫作，可以是一種「行動」嗎？（比如言語操演理論的教誨？）我總是無法肯定，究竟，現實與幻想誰先誰後？一個雞生蛋、蛋生雞的問題。我是自己的伊底帕斯。

而我已習於幻想。依然為文字重新安排現實的能力而深深地震顫著。幻想再荒謬，文字讓它的效力更長了一些，且延及現實。舒茲說，現實才是字的陰影。人類生來是語言的動物。人類某部分認識世界的方式，是透過語言的中介去指認意義的。而意義是從文字所有被寫下與沒有寫下的地方所共同構造的聲音與沉默中創造出來的東西。也許我能重回那堂課舉手回答：文學來源於現實，但並不直接等同。它們是近似值，是比喻法，是「A像B」的關係。A和B或近或遠，只要它們之間能透過一絲神祕的手法關聯起來。但A終究不是B。創作必然是一項提煉的工作。那麼，讓幻想統治世界，直到有一天走在前面的人回頭，對著身後那個描畫現實的線稿的傢伙疑惑地問：什麼幻想？

如今我和東海的學生時代有一段距離了。對寫作有過放棄的念頭，有過虛無和厭棄的時刻。想起一次上台北工作，搭客運時，向鄰座的友人開玩笑：「我覺得自己離開東海以後，就像從東海要到市區一樣，都在走下坡。」友人輕輕地笑了。我也忍不住想笑。但後來我想及，重點也許不在離開，而是回返。彼時，從外縣市回來，搭著台中客運從國道轉下中港路，整車的人們猶仍陷入一種陰翳也似的夢裡，途經大站朝馬，沒有人撳下停車鈴，一路過站。直到有人輕呼，哎唷司機怎麼沒停，大家才紛紛在市政府站下車。有時，是搭上一班搖搖晃晃的七十五路公車，維持著身體在煞停與起步的力學顛擺間不致跌倒，抵達校園。有時，是夜途，從市區騎機車回往宿舍。那個時候，四周輕輕緩緩地籠上一層薄霧，遠燈與紅光暈散開來，事物以朦朧的面貌迫使你睜大雙眼，一如夢境，我才終於有了掉進兔子洞的感覺。這的確是一座山頭。一切皆是夢遊。我在現實生活透過文字，夢見自己。翻過字的背面是現實，那麼翻過大度山呢？

我依然非常、非常懷念在東海讀書寫字的日子。課堂上的同學畢竟說對了一些事。起初，從文學出發的是文學，以外的，也都屬於文學。那麼，也沒有什麼理由可以說，離開大度山的一切，不能屬於東海的了。

黃家祥

1992年生，嘉義人，東海大學中文系畢業，清華大學中文所碩士。曾擔任校園文創學程《末日前後的神話》詩劇場導演。曾獲東海文學獎散文首獎、教育部文藝創作獎散文首獎、時報文學獎小說佳作，著有《太陽是最寒冷的地方》。

INK PUBLISHING 文學叢書 668

葉過林隙——楊牧和他們的東海

作　　者　鍾　玲　周芬伶　宇文正　楊　明　徐國能　甘耀明　陳智德　陳慶元
　　　　　言叔夏　楊富閔　莫　澄　張馨潔　蔣亞妮　高博倫　許閔淳　黃家祥
總 編 輯　初安民
主　　編　朱衣仙　周芬伶　高禎臨　陳慶元　劉淑貞（依姓氏筆畫排序）
責任編輯　陳健瑜　林玟君
美術編輯　陳淑美
校　　對　周芬伶　呂佳真　陳健瑜　林玟君

發 行 人　張書銘
出　　版　**INK** 印刻文學生活雜誌出版股份有限公司
　　　　　新北市中和區建一路249號8樓
　　　　　電話：02-22281626
　　　　　傳真：02-22281598
　　　　　e-mail：ink.book@msa.hinet.net
網　　址　舒讀網www.inksudu.com.tw

法律顧問　巨鼎博達法律事務所
　　　　　施竣中律師
總 代 理　成陽出版股份有限公司
　　　　　電話：03-3589000（代表號）
　　　　　傳真：03-3556521
郵政劃撥　19785090 印刻文學生活雜誌出版股份有限公司
印　　刷　海王印刷事業股份有限公司

港澳總經銷　泛華發行代理有限公司
地　　址　香港新界將軍澳工業邨駿昌街7號2樓
電　　話　852-2798-2220
傳　　真　852-2796-5471
網　　址　www.gccd.com.hk

出版日期　2021年12月　初版
ISBN　978-986-387-490-4
定價　330元

本書獲明基文教基金會贊助出版

國家圖書館出版品預行編目(CIP)資料

葉過林隙——楊牧和他們的東海／鍾玲、周芬伶、宇文正、楊明、徐國能、甘耀明、陳智德
陳慶元、言叔夏、楊富閔、莫澄、張馨潔、蔣亞妮、高博倫、許閔淳、黃家祥著.
--初版. --新北市中和區：INK印刻文學，2021. 12
面； 14.8 × 21公分. --（文學叢書；668）
ISBN 978-986-387-490-4（平裝）

863.3　　110016360

舒讀網